좋아하는 것은
나누고 싶은 법

좋아하는 것은 나누고 싶은 법
아이들과 함께하는 시 수업 이야기

초판 1쇄 발행 2021년 6월 30일
초판 2쇄 발행 2022년 9월 25일

지은이 최지혜 | 펴낸이 임경훈 | 편집 정유민
펴낸곳 롤러코스터 | 출판등록 제2019-000296호
주소 서울시 마포구 월드컵북로 400 서울산업진흥원 5층 2호
전화 070-7768-6066 | 팩스 02-6499-6067 | 이메일 book@rcoaster.com

ISBN 979-11-91311-06-8 03810

롤러코스터
Rollercoaster
Press

좋아하는 것은 나누고 싶은 법

최지혜 지음

아이들과 함께하는 시 수업 이야기

“제일 멋진 수업은, 자기가 가장 좋아하는 것을 전달하는 수업입니다. 학생에게 감동을 주고 싶으면 자신이 언제 감동을 받는지 생각해보세요.”

들어가며

왜 시인가요?

스무 살의 나는 매일 아침 노량진역으로 갔다. 비릿한 수산시장의 냄새가 육교 위까지 올라붙어 있는 느낌이었다. 그 현장과 나를 분리하고 싶어서 부러 쾅쾅거리는 음악이 나오는 이어폰을 귀에 꽂고 걸었다. 김진표의 4집과 4.5집, 피아니스트 막심 므라비차의 연주곡이 플레이리스트에 있었다. 학원에 가려면 길을 두 번 건너야 했고 사거리 가구점 앞에서 길을 한 번 건너면 공중전화가 있었다. 가끔 수중에 있던 몇천 원을 동전으로 바꿔 친구들에게 전화를 걸던 곳이다. 거기서부터 다시 한 번 길을 건너면 입시학원이었다. 신발을 끌고 교실 문을 열면 나와 같은 재수생이 촘촘하게 앉아 있었다.

지금 돌아보면 왜 그렇게 힘들어했나 싶지만 그때는 하루

하루가 암흑 같았다. 그래도 늘 그랬듯이 국어 시간만은 기다려졌다. 내가 다니던 학원의 국어 선생님은 머리가 희끗희끗한 분이셨는데 늘 깨끗한 폴로 티셔츠에 잘 다린 면바지를 입고 오셨다. 선생님은 수능에 최근작들도 많이 출제된다며 1960년대 이후의 시를 묶어 제본한 얇은 책자를 나누어주었다. 그것은 내 손에 쥐어진 최초의 시집이었다.

하루하루가 지겨워질 때마다 그 소책자를 펼쳐봤다. 그렇게 기형도와 이성복을 알게 되었다. 노량진을 부유하는 청춘들의 얼굴을 기형도의 〈안개〉 속 사람들과 겹쳐보기도 하고, 끝날 것 같지 않은 나의 시간들도 이성복의 "폭풍에도 쓰러지지 않는 백일홍"처럼 붉을 것이라고 위로하기도 했다.

스무 살의 시집을 책장에서 다시 꺼내 보게 된 것은 교사가 되고도 한참이 지나서였다. 배창환 선생님의 《이 좋은 시 공부》를 읽은 날이었다. "좋은 시 목록 50개만 있으면 누구나 시 교육을 할 수 있다"라고 쓰여 있었다. 그 문장이 가슴에 콕 박혔다. 그건 내 비릿한 기억을 새롭게 했다. 내가 좋아하고 아끼던 그것을 아이들과 함께 나누고 싶었다. 신형철 평론가의 말처럼 그때부터 시를 조금씩 '복용'했다. 시는 때때로 내 가슴에 약을 발라주었고, 그 안에서 푹 쉬게 해주었다.

가끔 시집을 읽는다. 내가 말하기 어려운 감정을 시가 들려줄 때가 많아서다. 어쩌면 우리 삶이란 "어디에 걸치고 나갈 수도 없"고 "천부적으로 더러운"* 것이라고, 같이 울어주는 시를 만날 때면 위안이 된다. 그렇게 나 혼자 읽던 시들을 아이들과 나누기 위해 모으기 시작했다. 어떤 아이들은 예전의 나처럼 몇 편의 시들을 쥐고 살아가게 될지도 모른다고 설은 기대를 해보는 것이다.

2017년부터 2년간은 교직을 떠나 대학원에서 공부했다. 국어교육과에서 선택할 수 있는 전공은 다양하다. 독서교육, 작문교육, 고전시가, 고전산문, 현대시, 현대소설, 문법. 나는 그중에서 현대시를 선택했다. 그때쯤 누군가 왜 시냐고 물었다. 나는 이렇게 답했던 것으로 기억한다.

"나는 문학이 좋은데 그중 소설은 아이들이 대부분 좋아하더라고. 시는 어렵게만 느끼는 것 같고."

시는 학생 대부분이 어려워한다. 난해한 것, 세상과는 거리가 먼 것이라고 생각해버린다. 나는 시가 생각보다 가까이에 있는 것임을 아이들에게 알려주고 싶었다.

---

* 진은영, 〈나의 아름다운 세탁소〉, 《훔쳐가는 노래》, 창비, 2012

처음 연구 주제로 마음에 둔 것은 '시 교육 방법'이었다. 재미있고 의미도 있는 새로운 시 교육 방법을 찾고 싶었다. 그런데 연구를 시작하려고 기웃거리면서 시 교육에 대한 최근 자료를 찾아보니 몰랐던 세계가 있었다. 현장에서는 시 교육에 대한 연구가 부족하다고 느꼈는데 학계에서는 이미 방대했던 것이다. 학교에서 시를 읽고 자신의 경험을 써보게 하거나, 나름의 해석을 바탕으로 영상을 만들어보는 활동을 하면서 내 나름대로는 신선하다고 느껴왔다. 현장이 학계보다 빠르다고 생각했다. 그러나 그것은 반쪽짜리 결론이었다. 내가 보지 못하고 알지 못했을 뿐이었다. 구체적인 수업 모형이나 교과서에 나타난 학습활동의 한계를 지적하고 그 대안을 찾는 등 다양한 연구가 눈앞에 펼쳐졌고, 조금 망연해졌다.

우리나라에서 시 교육은 오랫동안 시험을 목적으로 이루어져왔다. 지금도 여전히 그러하다. 많은 교실에서 수능 시험을 치르기 위해 분석적인 시 수업을 한다. 시 교육 연구가 미비했던 것이 아니라, 입시가 눈앞을 가린 탓이다. 연구는 다각도로 이루어졌지만 현장에서는 이에 대해 알지 못했던 이유가 여기에 있다.

한참 동안 노트북에 코를 박고 있다가 어느 순간 생각이 멈췄다. '꼭 새로운 수업 방법이어야 할까?' 획기적인 걸 찾아

내려는 시도가 중요한 것이 아니라 시 수업의 기본을 생각하며 가볍게 시작하는 것, 그것이야말로 아이들과 나를 위한 길이 아닐까? 결국 보다 나은 시 수업을 위해 필요한 일은 우선 그동안 배우고 시도해본 시 수업을 돌아보는 것임을 깨달았다. 논문과는 별개로 그동안의 소소한 시 수업을 돌아보았다. 그리고 아이들과 함께 읽을 시 목록을 정리했다.

여기서 시도해본 수업이라는 것은, 선배 교사들의 시 수업을 배워 실천한 것들이다. 그러니 나의 시 수업은 많은 선생님들에게 빚을 지고 있다. 그분들께 진심으로 감사하다.

가볍게, 그리고 즐겁게 시를 읽자. 그럼으로써 내가 좋아하는 이것을 아이들도 느낄 수 있도록 하자. 좋아하는 것이 한 가지 늘어나면, 슬프고 힘이 들 때 자신을 달래줄 방편이 한 가지 더 생기는 셈이다. 아이들은 자라서 힘이 드는 어떤 날에 정성이 담긴 음식을 먹고, 산책을 하고, 음악을 들을 것이다. 그리고 때로는 시를 읽을지도 모른다. 그랬으면 좋겠다. 그런 마음으로 수업을 했고, 이 책을 썼다.

차
례

시와 친해지기

온라인 시 창작 수업

나의 조약돌

올해로 교직 10년 차가 된다. 어떤 일을 10년 동안 하면 전문가가 된다는 말을 들은 적이 있는데, 그 말은 내게 멀기만 하다. 매해 달라지는 아이들과 수업 환경에서 헤매고, 여전히 교사로 사는 일이 녹록지 않다는 생각을 자주 한다. 교과서 진도의 압박과 동료 교사와의 협의라는 숙제 속에서 부족하나마 시도해본 시 수업 이야기를 묶었다. 현실에 비해 글 속 교실은 미화되었을 것이다. 많이 허둥거렸고, 가뭄에 콩 나듯 뿌듯했다.

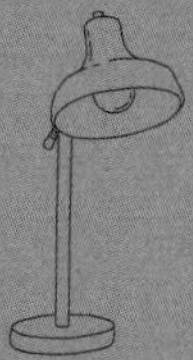

시와
친해지기

시로 만나는
계절의 감각

채연이는 어느 날엔 손을 번쩍 들고 발표하는 적극적인 학생이지만, 어느 날엔 책상 위에 모로 엎드려 내내 한숨만 쉰다. 교과서 학습활동을 풀어보도록 하고 한 바퀴를 도는데 내가 자리 앞을 지나갈 때를 맞춰 채연이가 말을 걸었다.

"쌤, 매일 매일 똑같아요."

"응?"

"재미없어요. 맨날 똑같죠. 시간표에 있는 과목만 다르지."

나는 뾰족하게 보탤 말을 찾지 못해 웃어 보일 뿐이었다. 창가 쪽으로 걸음을 옮기니 바깥 풍경이 눈에 들어왔다. 그래, 이렇게 좋은 날에. 나도 답답한데 너희는 더할 거야. 창밖에는 벚꽃이 한창이었다. 어제만 해도 웅크리고 있던 봉오리들이 하루 만에 활짝 피어올랐다. 하루하루가 다르게 봄은 표정을 바꾸고 있었다.

이맘때가 되면 내게도 떠오르는 노래가 있다. 양볼을 스치는 바람의 온도에 따라 자연히 떠오르는 봄 노래들. 수업 진도는 5월 초에 있을 중간고사를 향해 바쁘게 달려나가고 있었다. 아이들은 졸음과 싸웠고 어디선가 희미한 한숨소리가 들렸다. 아랑곳하지 않고 꽃은 더욱 활짝 피어나고 하늘은 맑다. 끓어 오르는 한숨소리와 벚꽃 풍경의 부조화라니. 수업이 끝나기 10분 전, 나는 아이들에게 교과서를 덮고 의자를 창가 쪽으로 돌리라고 했다. 그리고 음악을 틀었다. 오늘의 선곡은 시와의 〈처음 만든 사랑 노래〉다.*

이계삼 선생님의 《삶을 위한 국어교육》에서 배운 이 시간을 나는 사랑한다. 온전히 멈춘 5분 남짓의 시간. 창밖의 풍경과 음악이 어우러지면서 정지된 한순간을 만드는 것이다. 바쁘게 돌아가는 일과에 지친 아이들에게는 이런 순간이 필요하다.

---

* 봄이 되면 시와의 2010년 발매 앨범 「소요逍遙」가 떠오른다. 떨리는 음성과 조심스러운 연주, 아름다운 가사가 마음껏 봄날을 소요하고 싶게 만든다. 〈처음 만든 사랑 노래〉는 시와의 2011년 앨범 「Down to Earth」에 수록된 곡이다.

허수은 선생님은 새 학기에는 만남에 대한 이야기로 수업 문을 열며 마종기의 〈우화의 강〉을 소개한다고 하셨다. "사람이 사람을 만나 좋아하면 / 두 사람 사이에 서로 물길이 튼다"로 시작하는 이 시를 나 역시 무척 아낀다. 읽고 나면 마음에 물길을 터줄 인연에 대한 기대감이 두둥실 떠오른다. 좋은 사람을 만나고 싶다는 마음, 내가 먼저 좋은 사람이 되고 싶다는 마음이 봄날의 아지랑이처럼 피어난다. 허수은 선생님은 마종기의 시를 시작으로 다섯 편의 봄시를 소개하고 한 편을 골라 그 반의 대표 시로 선정하는 과정을 통해 아이들과 시를 읽으며 봄맞이를 한다고 하셨다.

선생님에게서 배운 대로 나도 '계절시 수업'을 해보기로 마음먹었다. 그러자니 먼저 계절시 목록이 필요했다. 시집을 뒤적여 아름다운 봄의 시 다섯 편-김상미의 〈난생처음 봄〉, 김은지의 〈책방에서 빗소리를 들었다〉, 이문재의 〈봄날〉, 이성부의 〈봄〉, 이시영의 〈봄〉을 골랐다. 아이들은 내가 소개한 시들을 읽고 가만히 음미한 다음 가장 마음에 드는 작품을 고르고, 고른 이유를 짧게 썼다. 그리고 모둠 친구들과 각자의 감상을 나눴다.

친구들이 어떤 시를, 왜 좋아하는지 나누는 활동은 감상의 깊이와 넓이를 더해준다. 나와 다른 시를 고른 친구의 이야기를 들으며 지나친 부분을 다시 볼 수도 있고 같은 시를 고른 친구의 이야기를 들으며 공감의 폭을 넓힐 수도 있다. 이어서 전체 학생을 대상으로 가장 마음에 드는 시를 선택해 손을 들도록 하면 학급에서 선정한 '봄의 시'가 나온다. 몇 해 전 남겨 둔 수업 기록을 우연히 다시 보니 그해 '봄의 시'로 뽑힌 것은 이성부의 〈봄〉이었다. 수진이는 시를 고른 이유를 발표했다.

"기다림마저 잃었을 때도 봄이 온다는 부분이 좋았다. 오랜 기다림이 이루어졌을 때 얼마나 행복한지 표현하는 것 같다. 썩은 웅덩이에서 싸움 한 판 하고 더디기는 하지만 온다는 그 의지가 좋아서 마음이 끌린다. 나에게도 기다리면 올까?"

이어서 같은 시를 고른 아이들의 발표를 들은 후, 아이들에게 질문을 던졌다.

"왜 이렇게 계절을 노래한 시와 노래가 많은 걸까? 아름다운 언어를 쓰는, 창작하는 이들은 왜 계절의 감각에 이렇게 열려 있는 걸까?"

아이들에게 자유롭게 생각을 펼쳐보라고 했다. 제각각 답변이 나왔다.

"계절은 우리가 찾지 않아도 알아서 오잖아요. 와서 어떤 감정을 느끼게 해줘요."

"노래와 시는 마음의 온도를 빗대어 표현하기 좋으니까요."

"시간은 흘러가고 계절은 조용히 변화하고 우리는 어느 순간 계절에 따른 감정 변화를 느껴요. 그래서 우리는 봄 타고, 가을 타는 거 아닌가요!"

아이들의 말처럼 우리의 기억 속에는 봄 꽃비를 맞던 거리가, 여름 해변의 밤하늘이 있다. 계절에 어울리는 노래가 그렇듯, 계절시는 기억 속 페이지를 팔랑 넘겨준다.

수업에 활용한 계절시 목록

봄

- 김상미, 〈난생처음 봄〉, 《우린 아무 관계도 아니에요》, 문학동네, 2017
- 김은지, 〈책방에서 빗소리를 들었다〉, 《책방에서 빗소리를 들었다》, 디자인이음, 2019
- 이문재, 〈봄날〉, 《지금 여기가 맨 앞》, 문학동네, 2014
- 이성부, 〈봄〉, 《우리들의 양식》, 민음사, 2006
- 이시영, 〈봄〉, 《우리의 죽은 자들을 위해》, 창비, 2007

여름

- 강성은, 〈이상한 여름〉,《구두를 신고 잠이 들었다》, 창비, 2009
- 김이강, 〈해수욕〉,《악스트Axt 2019.7/8》, 은행나무
- 신미나, 〈남항진 민박〉,《싱고,라고 불렀다》, 창비, 2014
- 이성복, 〈그 여름의 끝〉,《그 여름의 끝》, 문학과지성사, 1990
- 황인찬, 〈소실〉,《희지의 세계》, 민음사, 2015

가을

- 김사인, 〈조용한 일〉,《가만히 좋아하는》, 창비, 2006
- 서정주, 〈푸르른 날〉,《서정주시선》, 은행나무, 2019
- 윤동주, 〈소년〉,《하늘과 바람과 별과 시》, 디자인이음, 2017
- 장석주, 〈대추 한 알〉,《붉디 붉은 호랑이》, 애지, 2005
- 함민복, 〈가을〉,《모든 경계에는 꽃이 핀다》, 창비, 1996

겨울

- 김선우, 〈눈 그치고 잠깐 햇살〉,《나의 무한한 혁명에게》, 창비, 2012
- 김은지, 〈픔〉,《고구마와 고마워는 두 글자나 같네》, 걷는사람, 2019
- 백석, 〈나와 나타샤와 흰 당나귀〉,《사슴》, 디자인이음, 2017
- 서정주, 〈내리는 눈발 속에서는〉, 《서정주시선》, 은행나무, 2019
- 이현호, 〈성탄목〉,《라이터 좀 빌립시다》, 문학동네, 2014

음성과 음악과 시

영화 〈동주〉는 흑백의 화면으로 윤동주와 송몽규의 삶을 그린다. 아픈 현실 속에서 두 사람이 가졌던 태도가 아련하게 담겨 있는 영화. 어쩌다 보니 세 번을 보았는데, 배우 강하늘의 시 낭송이 등장할 때마다 가슴이 내려앉았다. 그는 천천히 시의 분위기를 목소리에 담아냈다. 이 영화가 마음을 끄는 건, 시인 윤동주의 삶을 다루기 때문이기도 하겠으나 더불어 아름다운 시를 차분히 감상할 수 있기 때문이기도 하다. 시를 소리 내어 읽는 것은 강한 울림이 있다.

그러나 고등학생들에게 시란, 활자로 접하는 분석의 대상이다. 수능 대비를 위해 5분 안에 두 편의 시를 읽고 서너 개의 문제를 푸는 기술을 닦기 바쁜 아이들에게 시적 정서는 열심히 찾아내서 문제를 풀기 위한 단서일 뿐이다. 어떻게 시간 내에 문제를 푸는 훈련과 정서적 공감을 동시에 할 수 있겠는가.

아이들에게 새로운 방식의 시 읽기를 소개하고 싶었다. 분석하지 않고 온전히 마음을 쏟아 시를 낭독하고 듣는 시간을 갖는다면 어떨까. 처음에는 출판사에서 교육용 자료로 제공하는 시 낭독 오디오 파일을 아이들에게 들려주었다. 격앙된 목소리로 김수영의 〈폭포〉를 낭송한 것이었는데 아이들은 낯설어했다. 낭독은 저음의 아나운서가 했고, 힘과 결기가 느껴지는 톤이었다. 일상적 말하기와는 거리가 먼 어조가 아이들에게는 어색하게 느껴진 모양이었다.

아무래도 성공적인 낭독 수업을 위해서는 친구의 자연스러운 목소리를 들려주는 것이 좋겠다고 생각했다. 시 낭독은 단순하게 보이지만 꽤 복합적인 활동이다. 시의 내용을 고려해 풍겨오는 정감을 살려서 읽어야 하기 때문에 시에 대해 충분히 이해하고 있어야 제대로 할 수 있다. 몇 차례 시행착오 끝에 문학을 좋아하고 발성이 좋은 학생을 미리 섭외해 시 낭독을 지도했다. 그 아이가 수업시간에 친구들 앞에서 시를 천천히 읽으니 아이들은 친구의 목소리에 집중했다. 낭독할 아이들에게는 시를 먼저 감상하고 자신에게 와닿는 감정을 중심으로 읽으라고 했다. 목소리는 억지로 내지 말고 자연스러우면서도 크고 또렷하게. 듣는 사람에게 정확하게 전달하는 것이 가장 큰 목표이기 때문이다. 덧붙여 연과 행을 구분해 쉬어야 할 곳에서 쉬는 것이 중요하다고 강조했다. 아이들이 감을 잡지 못하는 경우가 많아 이렇게 설명했다.

"제목을 읽은 다음 두 호흡을 쉬고, 시인의 이름을 읽고 두 호흡 쉬면 돼. 그리고 행마다 한 호흡, 연마다 두 호흡을 쉬자. 작품의 분위기에 따라 어조나 성량도 다르게 해서 읽어 봐."

말로 설명하는 것보다는 예시를 들려주는 것이 더욱 효과적이다. 한국문화예술위원에서 운영하는 '사이버 문장 웹진' 홈페이지의 '문학 집배원'에서는 시인이 추천하는 시를 낭독과 함께 만날 수 있다. 영상을 유튜브 링크로 전송할 수 있어서 낭독을 맡은 아이에게 보내주기도 하는데, 영상 속 낭독은 정서 표현이 좋으나 여전히 익숙하게 귀에 닿는 톤은 아니어서 낯설어하는 아이들이 많았다. 결국 나는 전문 낭독보다는 자연스러운 낭독을 들려주고 싶어서 목소리를 가다듬고 직접 시를 읽는 편을 택했다. 그러나 나의 낭독 지도에는 한계가 있었다. 앞에서 해준 말 외에는 좋은 낭독을 위해서 어떻게 해야 하는지 말해줄 것이 없었다. 한편으로는 낭독에 정답

이 있나 싶기도 했다.

그러던 중 한 서점에서 열린 시 낭독회에 참석하게 되었다. 해방촌의 문학 전문 서점 '고요서사'에서 열리는 김현 시인의 정기 낭독회였다. 2018년 늦은 가을부터 매달 넷째 주 목요일이 되면 작은 서점에 노란 불빛이 켜지고 시인의 목소리가 공간을 감쌌다. 충만하다는 느낌이 나를 채우는 것 같았다. 어느 날 낭독회가 끝나고 시인에게 낭독의 비결을 물으니 그가 답했다.

"음… 어려운데. 그때그때 다르게 낭독하는 것 같아요. 저는 낭독할 때 무언가 장면을 그려봐요. 예를 들어 눈이 오는 장면이라든가 하는… 그 분위기에 맞게요. 그러다 보면 어떤 건 빠르게 읽고 어떤 건 리듬에 실려 읽게 되는 거죠."

이 말을 꼭꼭 담아왔다. 아이들에게 낭독하는 방법을 설명할 때 들려줘야지.

가끔 아이들 앞에서 시를 낭독한다. 녹음해온 것을 들려주기도 하고 그냥 읽어주기도 한다. 처음에는 멀뚱하게 바라보던 아이들도 몇 번 듣다 보니 '오늘 시 읽어주고 싶은 날이신가 보다.' 하는 반응이다. 처음에는 어색했지만 '너희도 이 시간이 좋아질 거야'라는 고집으로 조금씩 해본다.

최근에는 교과서에 슬픔을 다룬 시가 실렸다. 정호승의 〈슬픔이 기쁨에게〉였는데 본문을 다루기 앞서 교과서 밖에서 시 두 편을 선정해 낭독을 준비했다. 앞서 내가 박소란의 〈베개〉를 읽었고, 혜주가 박준의 〈슬픔은 자랑이 될 수 있다〉를 읽었다. 둘 다 배경음악을 깔고 휴대폰으로 녹음한 것이었다. 낭독을 들려준 후 두 편의 시 가운데 마음에 더 와닿은 시를 고르게 했더니 아이들 반응이 반반이었다. 고른 이유를 발표하도록 하고, '슬픔'이라는 감정에 대해 함께 이야기를 나눴다.

박소란의 시에 대해서는 힘든 일이 있어 잠 못 들던 밤, 베개에 얼굴을 파묻던 경험을 이야기하는 아이들이 많았다. 친구가 힘들었던 시기를 이야기하니 듣는 아이들도 진지한 표정이었다. 박준의 시를 고른 아이들은 대부분 자기 마음에 든 시 구절을 뽑아 발표했다. "당신 눈동자의 맺음새가 좋기도 하였다"라는 구절에서 눈물로 가득 찬 눈동자가 떠오른다는 아이, "슬픔은 자랑이 될 수 있다"는 제목이 마음에 푹 와닿는다는 아이도 있었다. 이어서 내가 물었다.

"슬픔이라는 건 빨리 극복해야 하는 감정일까? 아니면 두 번째 시 제목처럼 자랑이 될 수 있을까?"

아이들이 웅성거릴 때, 한 아이가 큰 목소리로 대답했다.

"슬픔도 중요하죠. 슬퍼해본 사람이 남의 슬픔도 알죠."

발표가 끝나니 교실이 조용해졌다. 아이들은 저마다 생각에 잠기는 듯했다. 그날의 시 감상은 슬픔의 가치를 생각할 수 있는 시간이 되었고 다음 시간에 다룰 교과서 수업 내용과도 자연스럽게 이어졌다.

평소 산만했던 남학생 반에서도 이 수업이 집중력 있게 흘러간 데는 낭독 녹음이 한몫했다고 본다. 앞뒤로 잔잔한 분위기의 음악이 깔리면서 차분한 분위기가 되었으니까. 배경음악 없이 시를 두어 편 낭독한 다음 그 이후에 음악을 들려주는 방법도 좋다. 목련이 피어오르던 지난주에는 이문재의 〈봄날〉과 김은지의 〈내가 아는 시 가장 잘 쓰는 사람〉을 학생과 번갈아 육성으로 낭독한 후 밴드 잔나비의 〈꿈과 책과 힘과 벽〉을 함께 들었다. 마음에 남은 시와 그에 어울리는 음악을 잇는 일은 흥미롭다.

이렇게 가끔 시를 읽는다. 그 여운을 음악과 함께 지속하면 파장이 더 멀리 가는 느낌이 든다. 교사로 사는 것이 자주 힘에 부치지만, 아주 가는 선으로라도 아이들과 연결되어 있음을 느끼는 순간이 행복하다.

안녕,
낯선 시야

쌤, 저 5반 민지인데요. 시를 읽어봤는데 이해가 안 돼요. 그래서 인터넷에 쳐봤는데 설명이 없어요.

인터넷에는 안 나올 거야^^;

제가 고른 시는 〈빛나는 나의 돌〉인데 모르겠어요.

최근 출간된 시집에 실린 시라서 인터넷에 따로 자료는 없을 거야. 네 느낌대로 해석해보면 돼. 정해진 답은 없으니까 틀렸다고 생각하지 말고, 나름대로 한번 해봐. 그것이 시의 참맛!

민지는 시 낭독하기 수행평가에서 박세미의 〈빛나는 나의 돌〉을 선택한 후 계획서를 쓰면서 머리를 쥐어뜯고 있었다. 시를 인터넷에 검색해보았는데 설명이 없다며 하소연을 하는 것이었다. 음흉해 보일지 몰라도 나는 괴로워하는 아이들의 모습을 보면서 회심의 미소를 짓는다. 시 감상은 원래 자신으로부터 나와야 하는 것이니 검색이 어려울수록 좋다. 미지의 시가 던지는 비밀스러운 말들 속에서의 방황을 즐기고, 같은 시대를 살아가는 시인들의 목소리를 통해 동시대적 문제 의식을 공유하는 시 읽기 경험이 되기를. 시 낭독 수업에 탄력을 붙인 이후로 아이들에게 소개하고 싶은 최근 시들을 작품 목록에 여러 편 수록했다.*

시 낭독하기 활동에 대해 좀 더 자세히 이야기해보자. 이 활동은 세 시간이 필요하며, 수행평가로 활용하기에도 어려움이 없다. 첫 번째 시간에는 아이들이 시 자료집을 보고 작품을 고른다. 충분히 작품들을 살펴볼 시간을 주고 나서 먼저 낭독할 사람들에게 우선 선택권을 준다. 다섯 명을 먼저 정하고 그다음부터는 제비뽑기로 순서를 정한다. 이어서 낭독 계획서를 작

---

* 시 낭독하기 활동을 위해 꾸린 작품 목록 선정 기준은 다음과 같다. 첫째, 시대를 골고루 넣을 것. 둘째, 길이가 적당할 것. 셋째, 아이들이 공감하기 좋을 것.

성하도록 한다. 낭독 계획서에는 시 제목과 시인 이름, 배경 음악, 시를 고른 이유, 시에서 느껴진 분위기와 떠올릴 수 있는 장면, 인상적인 부분과 그 이유, 시 낭독을 통해 친구들에게 전하고 싶은 메시지가 포함된다. 이때 중요한 것은 서술방식이다. "제가 이 시를 고른 이유는 ~입니다"라고 쓰지 말고 "내가 이 시를 고른 이유는 ~야"라고, 친구에게 말하듯이 쓰도록 한다.

두 번째 시간부터는 정해진 순서대로 낭독을 시작한다. 각 반의 국어부장은 DJ가 되어 낭독자가 고른 음악을 틀고 낭독자는 시와 계획서의 내용을 읽는다. 친구에게 말하듯이 쓰라고 했기 때문에 격려와 위로의 목소리가 잔잔하게 교실을 채운다.

"얘들아, 나는 이 시를 통해서 힘들 때는 울어도 된다고. 그걸 비난할 수 있는 사람은 아무도 없다는 걸 말하고 싶었어."

"시험 얼마 안 남아서 너무 힘들지? 그래도 같이 하는 거니까 조금만 참자. 4반 사랑해~"

평가는 낭독 계획서의 내용과 실제 낭독을 바탕으로 한다. 낭독자를 제외한 학생들은 낭독 감상지를 작성하는데 이 역시 평가에 반영한다. 낯선 시를 선택해 해석에 골머리를 앓던 학생이라고 하더라도 불이익을 받을 일은 없다. 낭독 계획서에는 개인의 자유로운 감상을 쓰도록 하고 평가에서는 해석의 다양성을 존중한다.

영화 〈벌새〉의 주인공인 여중생 은희는 어디에도 마음 붙이지 못하고 외롭게 떠다닌다. 은희를 온전한 한 사람으로 바라봐주는 영지 선생님의 존재는 영화를 끌어가는 큰 축이다. 은희가 학원에 같이 다니는 단짝 지숙과 한바탕 다툰 뒤 썰렁한 침묵 속에 놓여 있을 때, 영지 선생님은 아이들을 위해 민중가요 〈잘린 손가락〉을 불러준다.

두 아이는 노랫말을 이해했을까? 먼 세계의 이야기였을 텐데도 노래를 듣는 동안 아이들의 마음은 어딘가 풀어지는 듯 보였다. 어찌 보면 위로는, 그 말을 이해하기 때문이 아닐지도 모른다. 아이들은 교과서 밖의 시를 낯설게 느낄 수 있다. 그러나 그렇다고 해서 아이들에게 닿지 못하는 것은 아니라고 믿는다. 시인 안희연은 "오늘날이 큰 사랑을 말하기 어려운 시대라면 작은 사랑에 대해서라도 말해보는 것이 필요하다"* 라고 했다. 나도 아이들에게 작은 사랑을 말하는 낯선 시를 자꾸만 보여주고 싶다. 그래서인지 위로의 메시지가 담긴 시가 보이면 자꾸 줍게 된다. 낯선 목소리가 들려주는 작은 사랑에 자꾸 귀를 기울이는 우리가 되었으면 하고.

---

* 안희연·윤예지, 《당신은 나를 열어 바닥까지 휘젓고 - 피나, 당신의 카페 펄러》, 알마, 2019

낭독 수업의 예

낭독 계획서

발표자 : 민호

시 제목	희망의 내용 없음	시인	육호수
배경 음악 제목	Flower Dance	뮤지션	DJ Okawari
시를 고른 이유	희망의 내용이 없다는 제목을 보고 나의 상황과 비슷하다는 생각이 들었어. 이 시에 나오는 사람은 어떠한 희망이 없는지 궁금해서 이 시를 낭독하고 싶었어.		
시에서 느껴진 분위기와 떠올릴 수 있는 장면	시를 읽다 보면 매우 우울하고 희망 없는 분위기가 느껴져. 그래서 혼자서 외로이 있는 사람의 모습이 떠올라. 매우 슬픈 시인 것 같아.		
인상적인 구절과 그 이유	"사람인 채로 더 이상 망가지고 싶지 않아"라는 구절이 인상적이야. 왜냐하면 이 구절이 내 마음과 딱 맞기 때문이야. 나도 사람으로 더 이상 망가지기 싫고 더 행복하게 살고 싶으니까.		
시 낭독을 통해 친구들에게 전달하고 싶은 메시지	희망이 없다는 생각이 들어도 희망이라는 것은 반드시 어딘가에 존재하니까 희망을 잃지 말고, 포기할 일이 생겨도 절대 포기하지 말라는 말을 하고 싶어. 그리고 분명 자신의 편은 있으니 혼자 외롭다고 생각하지 말았으면 좋겠어.		

발표자 : 채민

시 제목	책방에서 빗소리를 들었다	시인	김은지
배경 음악 제목	잔잔한 감성 피아노 모음	뮤지션	낮은음자리 (YOUTUBE)
시를 고른 이유	내가 이 시를 고른 이유는 비 오는 날의 기분을 느낄 수 있기 때문이야. 사실 나는 비 오는 날을 그렇게 좋아하지는 않는데 가끔 새벽에 내리는 빗소리와 함께 R&B 노래를 들으면 기분이 좋아지고 '미래에 나는 어떤 사람이 될까?' 이런 설레는 생각을 하게 돼. 근데 이 시가 그런 감성을 자극해주어서 이 시를 택했어.		
시에서 느껴진 분위기와 떠올릴 수 있는 장면	비 오는 날의 습한 공기가 에어컨으로 걸러지지만 접힌 살 부분의 습한 끈적임이 남아 있는 상태의 느낌이 떠올라. 그리고 한 소녀가 도서관 창가에 앉아 헤드폰을 끼고 비 오는 날에 어울리는 노래를 들으며 책을 읽는 모습이 떠올라. 가지에 매달려 있는 빗방울 꽃들과 뾰족한 지붕에서 흘러내리는 빗방울들을 보고 있는 모습이야.		
인상적인 구절과 그 이유	"내 마음은 비 오는 날을 위해 만들어졌다"라는 구절이 처음과 끝에서 반복되어 나오는데 이 부분이 굉장히 인상적이야. 이런 말을 처음 봐서 인상적인 것도 있지만, 많은 물음표들이 떠올랐기 때문이기도 해. '왜 마음이 비 오는 날을 위해 만들어졌지?'라는 물음표가 제일 컸는데 곰곰이 생각해봐도 모르겠어서 두고두고 생각날 거 같아.		
시 낭독을 통해 친구들에게 전달하고 싶은 메시지	가끔 비 오는 날의 운치를 느껴보았으면 좋겠다는 메시지를 전하고 싶어. 이미 느껴본 적도 있고 그것을 좋아하는 친구들도 있겠지만 비 오는 날을 싫어하는 친구들도 있을 수 있으니까. 또 시를 읽으면서 비가 오던 날의 분위기 또는 추억을 떠올려보았으면 좋겠어. 또 하나 추천하고 싶은 것은 비 오는 날에 어울리는 음악을 들으며 생각에 잠겨 보는 거야.		

낭독 감상지

김영미, 빛과 소리

기록자	수경
친구 낭독에서 좋았던 점	시를 잘 끊어 읽어서 따라가기 좋았다. 차분한 목소리로 읽어서 집중이 잘 됐다.
시에 대한 나의 감상	"오래 마음에 쌓인 소리가 있어 나는 밑줄을 옮기기 시작했다 / 종이도 글씨도 온통 눈의 빛이었다"라는 구절이 아름다웠다. 마음에 쌓인 것들을 어떻게 풀지 몰라 답답했는데 눈처럼 쌓였다가 녹는 기분이다.

김용택, 달이 떴다고 전화를 주시다니요

기록자	은빈
친구 낭독에서 좋았던 점	차분하고 나긋나긋한 목소리로 읽어주어서 시 속의 모습이 잘 그려졌다.
시에 대한 나의 감상	아름다운 시다. 나도 그리운 사람에게 문득 전화하고 싶을 때가 있다. 내 마음을 달빛에 실어서 보내면 어떨까? 하는 생각이 들었다.

시를
내 안에 담기

어릴 적 살던 곳에는 운행을 마친 버스가 모여드는 차고지가 있었다. 도시의 끝에 있는 작은 동네였다. 버스 차고지를 지나면 시내에서 유일했던 야외 수영장이 나왔고, 그곳에는 산자락을 배경으로 색색의 슬라이드가 있었다. 그 산 밑 수영장을 끼고 돌면 나타나는 작은 초등학교가 나의 모교다.

초등학교 2학년 때였던 것으로 기억한다. 늦은 봄, 더운 바람이 불기 시작할 무렵 나는 구령대 위에 있었다. 조회 시간이어서 운동장에는 전교생이 열을 맞춰 서 있었다. 선생님은 이틀 전 내게 동시암송대회에서 상을 받게 되었으니 친구들 앞에서 한번 자랑스럽게 외워보라고 말씀하셨다. 떨리는 마음으로 단상 위에 섰고, 내가 외운 시를 많은 사람 앞에서 증

명해 보이게 되었다. 마치 TV프로그램의 주인공이 되어 재능을 증명하는 심판대 위에 선 기분이었다. 제대로 외우지 못하면 얼마나 창피할까, 내내 가슴이 두근거렸다. 마이크를 들고 교재에 실린 시들 중에서 선생님이 임의로 지정한 시를 떨리는 목소리로 암송했다. 그 장면은 꽉 쥔 주먹 안의 습기로 기억된다.

시험 보듯 시를 암기한 기억이 자랑스럽지만은 않다. 그러나 분명 구령대에 서기 전까지는 시를 외우는 일이 즐거웠다. 학교와 집을 오가던 길에 단어를 굴려보던 일이나, 엄마와 막내 이모 앞에서 시 외우는 연습을 하던 일도 아련하다. 나비나 새싹, 오솔길 같은 동시의 시어들은 어린 마음속에 물결을 만들었다.

교사가 되고 나서 종종 지각한 아이들에게 벌로 '시 외우기'를 시켰다. 아이들 수준에 맞는 시를 열 편 정도 타이핑해 두고 무작위로 뽑게 한 뒤, 그 시를 외워야 집에 갈 수 있도록 하는 방식이었다. 당시 방영되었던 드라마 〈학교 2013〉에서 이종석 배우가 나태주 시인의 〈풀꽃〉을 외우는 장면이 화제가 되었다. 우리 반 지각 시 목록에도 그 시가 포함되어 있었는데 지각생 가운데 〈풀꽃〉 외우기에 당첨된 아이는 쾌재를 불렀다. 단 두 줄이지만 아름다운 시. 한 명이 외우려고 하면 아이들이 중얼대면서 시 구절을 따라 읊었다. 기분 좋은 전염이었다.

시 암송하기는 수행평가로 할 수도 있다. 아이들에게 시 목록을 서른 개쯤 주고 다섯 개(혹은 열 개)를 외우면 10점을 주는 것이다. 아이들은 학기 중에 준비가 되는 대로 쉬는 시간에 교사에게 와서 시 외우기를 시도한다. 이 방법은 아이들이 몇 번이고 도전하면서 다시 할 수 있어서 좋다. 단 한 번의 시험이 아니므로 실패에 대한 두려움 없이 아이들이 시를 즐길 수 있다.

이정관 선생님은 이 방법으로 수행평가를 하셨다고 한다. 재미있는 것은 시 암송 수행평가가 끝난 후에도 아이들이 시를 외워 오곤 했다는 것이다. 선생님은 열 편을 기본으로 하면서 그것보다 더 많이 외우면 미니쉘 초콜릿을 주었다고 한다. 스물다섯 편까지 외운 아이도 있다고 했다. "초콜릿을 받기 위해서이기도 하지만 시 외우는 멋에 빠져서 외우기도 한다"고.*

시를 배우는 이유가 '좋은 시를 삶 속으로 가져오는 것'이라고 할 때 좋은 시를 외우는 것은 의미 있다. 삶 안에 날아온

---

* 이정관, 〈시는 그냥 읽는 것이다〉, 《함께 여는 국어교육》, 2017 가을호

시 한 편이 씨앗이 되어, 아이들 안에서 자라고 있을지 모르는 일이다.

내가 자발적으로 시를 외우게 된 것은 고등학생 무렵이었다. 아직까지도 기억나는 시들은 그때 여러 번 읽으면서 내 안으로 들인 것들이다. 백석의 〈나와 나타샤와 흰 당나귀〉는 가장 사랑하는 시였다. 최영미의 〈선운사에서〉를 읽고는 해보지도 않은 이별에 가슴 아파했고, 황동규의 〈즐거운 편지〉를 읽으며 기다림의 아름다움에 대해 생각했다. 모의고사 문제집에서 보고, 노트에 옮겨적었던 이 시들의 구절이 여전히 입술을 맴돈다. 그런데 세 편 모두 '사랑시'라는 점이 흥미롭다.

아, 지각하던 아이들에게 외울 시로도 사랑시를 줄걸![*]

---

* 이 글을 쓰고 나서 아이들과 함께 읽을 사랑 시 목록을 만들었다.
: 유치환 〈행복〉, 백석 〈나와 나타샤와 흰 당나귀〉, 배수연 〈연재에게〉, 신미나 〈남항진 민박〉, 이혜미 〈옆모습〉, 이제니 〈고백을 하고 만다린 주스〉, 하재연 〈밀크 카라멜〉, 황인찬 〈레코더〉

자세히 보아야
보인다

안도현의 시선집《그 풍경을 나는 이제 사랑하려 하네》는 내가 좋아하는 책이다. 이 책은 안도현 시인이 쓴 시를 묶은 것이 아니라 그가 선별한 시들을 묶고 거기에 짧은 감상을 덧붙인 것이다. 그런데 이 책을 빛깔 있게 만든 데는 한 사람의 공신이 더 있다. 바로 사진집《골목 안 풍경》으로 유명한 사진가 김기찬이다. 그가 담은 골목 안 정겨운 풍경이 책 곳곳에 실려 있다. 눈길을 멈추게 하는 사진들이 많아서 가만히 들여다보면 한 장면에서 출발한 다양한 이야깃거리가 머릿속에 펼쳐진다.

요즘 아이들은 궁금한 것이 있을 때 포털 사이트에서 검색하는 것이 아니라 유튜브를 가장 먼저 찾는다고 한다. 얼마 전

교사 독서모임에서 만난 한 선생님은 활자 세대가 이제 끝난 것 같다며 푸념을 했다. 그 말에 절로 고개가 끄덕여졌다. 영상 세대인 아이들은 즉각적으로 감각에 날아와 꽂히는 자극에 익숙하다. 그런 아이들에게 글자를, 그것도 천천히 들여다보는 일은 만만치 않다. 한참 들여다보고 난 후에야 가슴에 천천히 파문이 이는 시 읽기 활동으로 곧장 들어가기는 더욱 어려울 수 있다.

이상용 선생님으로부터 '사진 읽기에서 시 읽기'로 이어지는 수업 흐름을 배웠다. 본격적으로 시를 읽기 전에 사진이나 그림으로 '자세히 들여다보는 연습'을 하는 것이다. 사진(혹은 그림) 안에서 해석의 근거를 찾아 알 수 있는 것을 "~을 보니(관찰) ~이다(판단)"의 형식으로 말해보도록 한 다음, 모둠 아이들의 의견을 모은다. 이와 같은 방식으로 해석과 근거를 말해보게 하면 아이들은 사진이나 그림 한 장 속에 생각보다 많은 정보가 들어 있음을 깨닫게 된다. 존경받는 교수이자 사진작가인 필립 퍼키스도 사진을 제대로 보기 위한 방법을 이렇게 설명했다. "전시장에 간다. 눈길을 끄는 사진 앞에 선다. 그것을 5분 동안 바라본다. 사진에서 눈을 떼지 말아야 한다."*

수업에서 최민식, 김기찬 사진가의 작품을 자주 활용했고 최근에는 홍진훤 작가의 작품으로 이야기를 나눴다. 《사진에 관한 대화》에는 그의 사진과 함께 안소현 큐레이터의 감상이 실려 있어 아이들에게 잘 보는 것이 무엇인지 설명할 수 있었다. 잘 본다는 것은 예술적으로 남다른 감식안이 있어야만 가능하다기보다는 정성과 시간을 들여 대상을 알고자 하는 노력이라는 이야기가 이 책에도 나온다.**

다양한 감상을 끌어낼 수 있는 사진이나 그림은 모두 좋은 소재가 된다. 사진집을 꾸준히 출간하는 출판사 '눈빛' '안목' '열화당'의 문고본 사이즈 사진집을 가끔 살핀다. 사진 속에는 이야기가 가득하다.

한번은 내가 찍은 사진으로 수업을 진행했다. 아이들에게 사진을 보면서 알 수 있는 정보를 최대한 모으라고 한 결과는 이랬다.

- 앉아 있는 뒷모습을 보니 사람들의 나이가 다양하다.
- 머리 색을 보니 오른쪽 두 사람은 노인이다.
- 마차가 있는 것을 보니 오래된 도시에서 찍은 것이다.
- 마차가 있는 것을 보니 관광지다.

---

* 필립퍼키스, 박태희 옮김, 《사진 강의 노트》, 안목, 2019

** 홍진훤·안소현, 《사진에 관한 대화》, 현실문화, 2019

- 벤치 옆에 비닐봉투가 걸려 있는 것을 보니 장을 보고 들어가는 길이다.
- 오른쪽 두 사람의 간격이 좀 더 좁은 것을 보니 부부다.

아이들은 사진 읽기에 꽤 흥미를 느낀다. 자세히 보아야 잘 읽어낼 수 있음을 발견하며 신기해하기도 한다. 사진을 통해 보는 연습을 하고 나서, 시로 같은 활동을 해보면 아이들은 곧잘 해낸다. 이원하의 〈풀밭에 서면 마치 내게 밑줄이 그어진 것 같죠〉는 낯선 시였음에도, 아이들이 다양한 정보를 찾아내 발표했다.

저는 밝은 곳에 갇혀 살면서도
바라는 것이 많아요
빛이 나를 뒤흔들었으면 좋겠어요

주머니에 갇혀 살면
과일이 되고 싶을 거고요

소원이 이루어진 다음 날 아침에는
소원을 빌 것 같아요

아픔도 거뜬히 원해요

아픔이 그리운 날엔
베개 모서리로 내가 나를 긁죠

그런데요, 최근에
난생처음 뒷모습이란 걸 봤는데요
말문이 막힐 뻔했어요

그림자라면 발목이라도 잡고
끌고 다닐 텐데 뒷모습은
잡으려 할수록 쪼개지고 있었거든요

나는 내가 아프지 않았으면 좋겠어요

비가 겨울엔 쉬어가는 것처럼
겨울이 오기 전에
내게도 어떠한 조치가 필요해요

같이 걸을 사람은 없지만

풀밭에 나가볼까요

풀밭은 꽃을 들고 서 있지 않아도
내게 밑줄을 그어주는 곳이니까요

– 이원하, 〈풀밭에 서면 마치 내게 밑줄이 그어진 것 같죠〉 전문
(《제주에 혼자 살고 술은 약해요》, 문학동네, 2020)

- 또 다른 소원을 빈다는 것을 보니 원하는 것이 많은가 보다.
- 아픔이 그립다면서도 베개 모서리로 나를 긁는 것을 보니 사실은 아프고 싶어 하지 않는다.
- 빛이 나를 뒤흔들었으면 좋겠다는 걸 보니 지금보다 밝은 곳에 있고 싶어 한다.
- 풀밭에서는 꽃을 들지 않아도 밑줄이 그어진다고 하는 걸 봐서 아름답지 않아도 자신이 가장 중요하게 여겨지기를 바란다.

자세히, 천천히 보는 것은 시를 읽을 때 중요한 태도다. 박제가의 시에서 말하는 것처럼.

'붉다'는 그 한마디 글자 가지고
온갖 꽃을 얼버무려 말하지 말라
꽃술도 많고 적은 차이 있으니
꼼꼼히 다시 한번 살펴봐야지*

* 안소영, 《책만 보는 바보》(보림, 2005)에서 재인용

꺼내
먹어요

교실 뒤 게시판에는 1년 내내 반장과 부반장의 선거 공약문을 걸어둔다. 부반장이었던 채린이의 공약은 이랬다.

"찰리찰리 고민 상담소를 열겠습니다!"

찰리찰리는 고민 상담자로서 채린이의 부캐다. 한동안은 상담소를 찾는 이가 없었다. 그런데 학급 임원을 뽑은 후 한참 시간이 흐른 가을 어느 날이었다. 누군가 익명으로 채린이의 책상 위에 자신의 고민을 쓴 포스트잇을 붙인 것이다. 채린이는 조금 들뜬 얼굴로 포스트잇을 들고 내게 찾아왔다. 쪽지에는 연필로 삐뚤빼뚤 쓴 글씨가 있었다. 상담 내용은 사사로운 것이었지만, 나는 종례시간에 아이들에게 "드디어 찰리찰리 고민 상담소가 개장했다"라고 선언했다. 고2 여학생들과 나는 같이 웃었다.

채린이는 회색 후드티를 즐겨 입었다. 개장 선언 이후 하루에 서너 개의 고민 쪽지가 채린이의 후드 속에 들어오게 되었다. 아마 누군가의 장난이었을 것이다. 나는 왠지 그걸 그냥 넘기고 싶지 않았다. 채린이와 나는 정식으로 상담소를 운영하기로 했다. 아이들에게 포스트잇을 한 장씩 나누어주고, 필체를 알아보지 못하도록 왼손으로 고민을 쓰게 했다. 다 쓴 다음에는 책상 위에 뒤집어두었다가 상자에 담도록 했다. 채린이는 앞에 나와서 친구들의 고민을 읽었다. 재미있는 고민도, 진지한 고민도 있었다.

- 요즘 자꾸 감정기복이 심해서 슬퍼요.
- 하루가 모자라요. 공부도 해야 하고 책도 읽어야 하는데, 잠도 자야 하고. 다음 주부터는 학원도 가는데 어쩌죠?
- 고무신도 짝이 있는데, 저는 왜 없죠?
- 임플란트를 해야 할 것 같아요.
- 알바를 시작해야 하는데 하기 싫네요. 어쩌죠?

고민을 낭독하는 사이 주어진 한 시간이 흘렀고, 상자에 고민들을 다시 담으라고 한 뒤 교실을 나섰다.

고민에 대한 처방은 다양하게 이루어질 수 있다. 고민과 슬픔이 넘쳐나는 시대이고, 그 시대의 흐름에서 문학이 해내는 몫이 있다. 기타다 히로미쓰의 책《앞으로의 책방》에는 책방에 대한 새로운 시각이 한가득이다. 눈길을 확 끌었던 부분은 바로 '비블리오테라피Bibliotherapy'였다. 손님들에게 문진표를 작성하게 한 뒤, 그 자리에서 처방책을 제안하는 것이다. 책을 약 봉투에 넣어 증상별로 소개한다니! 처방을 받은 이는 '나에게 꼭 맞는 책'을 찾은 것 같은 기분으로 돌아갈 것이다. 서울 창천동에서 비슷한 방식으로 맞춤 책을 추천해주던 '사적인 서점'*이 많은 사람들에게 관심을 받은 것도 같은 이유에서일 것이다. 글이 주는 위로, 나만을 위한 큐레이션. 사람들은 그 감동을 느끼고 있다.

김현 시인의 책《당신의 슬픔을 훔칠게요》의 부제는 '김현의 시詩 처방전'이다. 시 큐레이션 앱 '시요일'에서 연재하던 김현의 '처방'을 묶어 펴낸 책이다. 사람들의 고민 사연을 받아 그에 대한 위로의 시 한 편과 산문을 함께 처방해주는 것은 시인의 아이디어였을까? 라디오를 좋아하며 자랐고 지금

* '사적인 서점'은 현재(2021년 5월) 교보문고 잠실점에서 대형서점 속 독립 책방의 형태로 운영되고 있다.

도 시간 날 때마다 듣는다는 시인의 인터뷰를 읽은 적이 있다. 그는 책을 낸 출판사에서 행사를 열 때 DJ라는 소개를 달기도 했다. 그러고 보면 '시 처방'이란 '위로가 필요한 시대'와 '시', 그리고 '라디오'의 만남이 아니려나. 라디오에 고민 사연을 보내듯이 익명의 고민을 띄우고, 진심으로 그에 대한 응답을 하는 것. 그 응답을 한 편의 시와 함께 제안하는 '시 처방하기'라…. 아이들에게 새로운 경험이 될 듯 싶었다. 강석희 선생님이 소개한 '위로와 치유의 시 수업' 연구*에는 이 시대의 청년, 청소년에게 위로와 치유가 될 수 있는 시 목록이 담겨 있어 이를 고민 상담에 활용할 수 있었다.

다음 시간, 아이들은 고민 상자에 담긴 고민들을 하나씩 가져갔다. 그리고 자기 앞에 놓인 고민에 어울리는 시를 '시 꾸러미'에서 고른 다음, 진지한 위로의 말을 덧붙여 썼다. 또박또박 쓴 글씨는 비뚠 고민 사연 옆에 놓인다. 그 둘을 게시판에 한동안 붙여두었다. 그러자 아이들은 오며가며 그것을 올려다보았다. 고민과 응원이 공유되던 순간이다.

학급 운영에서 시작된 시 처방 활동을 이듬해 국어 수업

---

* 강석희, 〈'위로와 치유'를 위한 시교육 방안 연구〉(한국교원대학교 석사학위논문, 2018)

에 가져왔다. A4 사이즈의 색지를 반으로 접어 나누어준 다음, 한쪽 면에 자신의 닉네임과 고민 사연을 열 줄 이상 쓰게 했다. 반을 바꾸어 고민 사연을 무작위로 나누어주고 시 처방 활동을 이어갔다. 우리 학교는 남녀 분반인데, 각 반에서 걷은 고민 사연을 성별을 달리해 배부하니 서로 궁금해하며 한껏 성의 있는 답변을 내놓았다. 약 봉투를 학교 예산으로 구입해 두었다가 시 처방전을 담고, '___님 귀하'라는 칸에 친구의 닉네임을 적으면 끝! 나는 아이들의 사연을 싣고 훈훈한 집배원이 된다.

시 처방 수업의 예

고민1

내 미래가 너무 어두운데 공부할 의지가 안 생기고 무기력하다. 진로가 걱정… 하고 싶은 거, 좋아하는 것을 빨리 찾아야 할 텐데. 그러니까 공부도 열심히 해야 하는데…. 근데 거부감이 들어.

시 처방

난 연두가 좋아 초록이 아닌 연두
우물물에 설렁설렁 씻어 아삭 씹는
풋풋한 오이 냄새가 나는 것 같기도 하고
옷깃에 쓱쓱 닦아 아사삭 깨물어 먹는

시큼한 풋사과 냄새가 나는 것 같기도 한 연두
풋자두와 풋살구의 시큼시큼 풋풋한 연두,
난 연두가 좋아 아직은 풋내가 나는 연두
연초록 그늘을 쫙쫙 펴는 버드나무의 연두
기지개를 쭉쭉 켜는 느티나무의 연두
난 연두가 좋아 초록이 아닌 연두
누가 뭐래도 푸릇푸릇 초록으로 가는 연두
빈집 감나무의 떫은 연두
강변 미루나무의 시시껄렁한 연두
난 연두가 좋아 늘 내 곁에 두고 싶은 연두,
연두색 형광펜 연두색 가방 연두색 팬티
연두색 티셔츠 연두색 커튼 연두색 베갯잇
난 연두가 좋아 연두색 타월로 박박 밀면
내 막막한 꿈도 연둣빛이 될 것 같은 연두
시시콜콜, 마냥 즐거워하는 철부지 같은 연두
몸 안에 날개가 들어 있다는 것도 까마득 모른 채
배추 잎을 신나게 갉아 먹는 연두 애벌레 같은, 연두
아직 많은 것이 지나간 어른이 아니어서 좋은 연두
난 연두가 좋아 아직은 초록이 아닌 연두

- 박성우, 〈아직은 연두〉 전문

(《난 빨강》, 창비, 2010)

친구의 말

"샘이 왼손으로 쓰라고 했는데 왜 안 썼어. ㅋㅋ 누군지 알겠다. 너 피아노 잘 치잖아. 너가 잘하는 쪽으로 생각해봐. 나도 요즘 공부 매우 매우 싫다. 뭐 그런 거지. 그래도 후회하기 전에는 해보려고 자꾸 생각을 해. 우리 같이 노력하자. 우리 힘내."

• • •

고민2

하고 싶은 걸 어떻게 찾나요?

시 처방

흰 티셔츠를 찾아다녔다.

내일의 약속을 위해서

옷가게에 들어갔다. 흰 티셔츠가 흰 티셔츠끼리

모여 있었다. 가슴에는 주머니가 없거나 있었다.

옆 가게에도 들어갔다. 흰 티셔츠가 다른 티셔츠와
무더기로 쌓여 구겨져 있었다.
구겨진 옷은 조금 더 저렴했다.

얼굴 없는
마네킹은 어떤 옷이든 잘 어울렸다. 내 얼굴에
잘 어울리는 티셔츠를 찾아다녔다.
기본 티는 기본적으로 가지고 있어야죠. 점원이

말했다. 흰 티셔츠를 찾아다니다 집에 있는
흰 티셔츠가 기억났다. 기본적으로
가지고 있는 것이니까 집으로 돌아와

옷장 서랍을 열어보았다.
흰 것들을 모두 꺼내보았다.
흰 티셔츠는 저마다 다른 얼룩을 갖고 있었다.

쪼그리고 앉아 얼룩에다 치약을 묻혀

비볐다. 지워지고 있는 얼룩을 이목구비가 허옇게 바래가는
폴라로이드 사진처럼 오래 지켜보았다.

지워지는 얼룩은
지워졌고 지워지지 않는 얼룩은
지워지지 않았다. 가장 잘 어울리는 옷은
가장 자주 입어 가장 쉽게 얼룩이 졌다.

탈수된 티셔츠를 세탁기에서 꺼내어
탁탁 털었다. 창가에 걸어두었다. 티셔츠가
펄럭거렸다. 말라가면서 옷은 더 환해졌다. 내 방에는
얼굴 없는 빨래들의 환한 냄새가 퍼져갔다.
내일은 약속이 있다.

– 임솔아, 〈기본〉 전문
(《괴괴한 날씨와 착한 사람들》, 문학과지성사, 2017)

친구의 말

"친구야, 나도 하고 싶은 거 없어. 그런 게 갑자기 나오는 것도 아니고 말이야. 나는 슬슬 미용 쪽으로 생각하고 있어. 근데

그것도 사실 잘하는 건지 모르겠고. 가슴이 답답하구나. 우리 같이 천천히 찾아보자. 같이 바람이라도 쐬러 갈까?"

시 처방을 위한 꾸러미

- 김개미, 〈웅덩이〉, 《어이 없는 놈》, 문학동네, 2013
- 김용택, 〈울고 들어온 너에게〉, 《울고 들어온 너에게》, 창비, 2016
- 김준현, 〈김에서 밥까지〉, 《나는 법》, 문학동네, 2017
- 도종환, 〈병든 짐승〉, 《사월 바다》, 창비, 2020
- 류경무, 〈어제〉, 《양이나 말처럼》, 문학동네, 2015
- 박성우, 〈아직은 연두〉, 《난 빨강》, 창비, 2010
- 안미옥, 〈빛의 역할〉, 《온》, 창비, 2017
- 안희연, 〈스페어〉, 《여름 언덕에서 배운 것》, 창비, 2020
- 오은, 〈하나는〉, 《마음의 일》, 창비교육, 2020
- 유병록, 〈아무 다짐도 하지 않기로 해요〉, 《아무 다짐도 하지 않기로 해요》, 창비, 2020
- 유진목, 〈로즈와 마리〉, 《작가의 탄생》, 민음사, 2020
- 이장근, 〈퀀투〉, 《퀀투》, 삶창, 2011
- 이제니, 〈울고 있는 사람〉, 《있지도 않은 문장은 아름답고》, 현대문학,

2019
- 임솔아, 〈기본〉, 《괴괴한 날씨와 착한 사람들》, 문학과지성사, 2017
- 정호승, 〈흉터〉, 《나는 희망을 거절한다》, 창비, 2017
- 허연, 〈어떤 거리〉, 《당신은 언제 노래가 되지》, 문학과지성사, 2020
- 한연희, 〈태권도를 배우는 오늘〉, 《폭설이었다 그다음은》, 아침달, 2020
- 메리 올리버, 민승남 옮김, 〈기러기〉, 《완벽한 날들》, 마음산책, 2013
- 시바타 도요, 채숙향 옮김, 〈저금〉, 《약해지지 마》, 지식여행, 2010

나도 그런 적 있어
_ 시 경험 쓰기

시 경험 쓰기는 아이들이 참 좋아하는 수업이다. 이 수업을 위해서는 우선 시집이 확보되어야 한다. 중간고사가 끝난 직후를 활동 시기로 계획한다면 두 달 전쯤인 3월에 학교 도서관에 있는 시집 목록을 파악하고 부족한 것은 추가 구입 신청을 해야 무리가 없다. 시집의 수는 교사 한 사람당 '학생 수의 두 배+스무 권' 정도로 하면 진행이 가능하다. 물론 더 많으면 더 좋다.

5월, 서른두 명인 학급 수업을 위해 아흔 권의 시집을 준비했다. 책을 실어 나를 카트가 없어 궁여지책으로 소형 캐리어에 책을 담았다. 우스운가 싶다가도 이내 여행 가는 것처럼 들떴다.

교실에 도착해 국어부장인 아이와 함께 교탁과 창가에 책을 펼쳐두기 시작했다.

"선생님 이게 뭐예요?"

"시집이지~"

"시집? 저희 시 읽어요?"

"응!"

시험이 끝난 후 아이들은 공부할 마음 없이 늘어져 있었다. 이 수업을 시작한 첫해에는 흥미를 끌어보고자 SNS의 시들을 많이 활용했다. 하상욱의 시집《서울시》에서 몇 편의 시를 가져와 제목 맞추기 게임을 하거나, 같은 단어로 끝나는 일명 '라임rhyme시'를 지어보기도 했다. 그동안 몇 해에 걸쳐 시행착오를 겪고 나니 재미 위주로 동기를 유발하는 것도 좋지만 진지하게 활동에 대한 설명을 하고 싶어졌다. 올해는 김소연의 〈그래서〉를 낭독하며 운을 뗐다.

"정말 가슴 아프고 외로울 때 읽었던 시야. 선생님이 한번 읽어볼게."

낭독 후에는, 한동안 말이 입에서 잘 떨어지지 않았던 때가 있었고 그때 시가 위로가 되었다는 이야기를 들려주었다. 시는 경험과 연결해서 읽으면 더욱 깊이 있게 느낄 수 있다는 걸 알려줬다.

그리고 아이들에게 이렇게 물었다.

"페이스북에 있는 시 말고, 교과서에 있는 시 말고, 다른 시를 따로 찾아 읽어본 적 있는 사람?"

"시집을 사서 읽어본 적 있는 사람?"

"좋아하는 시인이 있는 사람?"

아이들은 대부분 말없이 앉아 있었다. 예상대로 시집을 읽어본 적이 있다고 하는 학생은 한 반에 한 명 있거나 전혀 없었다.

"이제 우리는 국어 시간에 시집을 읽을 거야. 어렵지는 않을 거야. 시를 세세하게 분석하기 위해서가 아니라 우리 삶에 대해서 생각해보려고 그래. 선생님은 문학을 통해서 힘을 얻은 적이 많이 있어. 그래서 다른 사람에게 힘을 주려고 시를 적어 주거나 소설책을 선물한 적도 있지. 음악을 듣거나 영화를 보고 위로를 받는 것처럼 말이야. 너희들에게도 문학이 가진 힘을 알려주고 싶어. 좋아하는 게 많아진다는 건 힘들 때 힘을 낼 수 있는 방법이, 무료할 때 할 수 있는 일이 생긴다는 뜻이지. 시를 읽는다는 것, 참 좋아. 같이 해보자."

그리고 앞으로 할 활동(1,2차시에는 시와 친해지고, 3차시에는 시를 고른 다음 4차시에는 직접 쓴다)에 대해 간단하게 소개했다. 그런 다음 시집을 마음껏 가져가서 구경하도록 하고 마지막으로 한 권 혹은 두 권씩 가지고 있도록 했다.

그리고 짝꿍과 손가락을 서로 맞대고 1분 동안 말없이 눈을 바라보라고 했다. 짝꿍을 보면서 어떤 느낌이 드는지 충분히 느껴보라는 것이었다. 얼굴만 보지 말고 어떤 생각이 드는지 느낌에 집중하라고 했다. 여기저기서 웃음을 참지 못해 킥킥거리고, 어색함을 참지 못해 말소리가 새어 나왔다. "자, 그만!" 하고 말하자 '후아' 하는 한숨소리와 "1분 진짜 길다." 하는 말이 터져 나왔다. 아이들에게 짝에게서 느낀 느낌을 나타낼 수 있는 시 구절을 찾아보라고 했다. 궁리하며 열심히 시집을 들여다보는 진지한 표정들이 얼마나 예쁜지! 아이들이 찾은 시 구절과 고른 이유를 듣다 보니 한 시간이 훌쩍 지났다.

다시, 두 번째 시간. 이번에도 역시 지난 시간과 마찬가지로 시집을 펼쳐두었다. 시집을 고른 다음, 아이들에게 담임 선생님의 느낌을 나타낸 구절을 찾으라고 했다. 모두가 공통적으로 아는 대상에 대해서 다양한 느낌을 공유하는 것은 의미 있는 시 읽기 활동이라고 생각했다. 그런데 첫 번째로 이 활동을 한 반에서 문제가 생겼다. 각자 눈을 감고 1분 동안 담임 선생님에 대해 생각하라고 한 다음 시 구절을 찾으라고 했다. 그리고 발표를 시켰는데, 첫 번째로 발표하는 학생의 목소리가 떨려왔다.

"누르고 누른다."

얼굴이 상기되었던 그 아이가 울기 시작했다. 뒤늦게 이상한 분위기를 감지할 수 있었다. 앞쪽에 앉은 아이들 말이 그 아이는 얼마 전 담임 선생님에게 크게 혼났단다. 평소 엄격한 담임 선생님의 지도 방식을 강압적이라고 생각했던 학생이 선생님과 갈등을 빚었던 것이다. 갑자기 분위기는 담임 선생님에 대한 불만 성토의 장으로 흘러가려고 했다. 당황한 나머지 활동을 중단하고 아이를 진정시켰다. 그 반 아이들에게는 시집을 좀 더 살펴보면서 마음에 드는 시가 있는지 찾아보라고 한 다음 수업을 급히 마무리했다.

물론 훈훈한 분위기 속에서 진행되는 학급도 있다. 그러나 일부 학급에서 비판적인 분위기가 형성되는 것에 문제를 느껴 활동을 수정하기로 했다. 마침 5월이었으므로 스승의 날의 의미를 살려, 평소 좋아하는 교과 선생님으로 대상을 바꿨다. 활동지를 만들어 한 면에는 '시 구절 선물하기', 한 면에는 '선생님 이름으로 삼행시 짓기' 활동을 넣었다. 아이들 반응이 좋았다. 종이를 여러 장 달라며 여러 선생님들에게 시 선물을 하려고 들뜬 모습을 보이기도 했다. 학생들에게 표지 제작도 맡겨서 이틀 정도 시간을 두고 완성본을 받은 다음 아이들의 작품을 한데 모아 엮은 것을 선생님들에게 스승의 날 선물로 드렸다.

세 번째 시간. 본격적으로 '시 경험 쓰기'를 하기 위한 준비 단계다. 윗학년 선배들이 지난해에 작성한 글 가운데 예시작을 골라 아이들 수만큼 복사해서 나눠줬다. 완성할 글의 감을 잡도록 한 다음 예시글은 회수했다. 1차시 수업에서처럼 이번에도 먼저 "1분 동안 눈을 감고 어린 시절부터 초등학교, 중학교를 거쳐 지금까지 살아오면서 겪은 일들을 떠올려보세요"라고 했다. 그런 다음 한숨 돌리고 기지개라도 켜고 나서, "가족도 좋고 친구, 선생님들도 좋아요. 1분 동안 자신의 주변 사람들을 떠올려봅니다"라고 했다.

이제 시집에서 자신의 경험과 관련된 시 혹은 자신의 주변 사람과 관련된 시를 두 편 찾아서 A4용지에 적어 내라고 했다. 학생들마다 자신이 선택한 시집을 들여다보았다. 표지가 예쁜 시집, 조금 어려운 듯한 시집, 청소년 독자를 위해 쓰인 시집… 고른 이유도 제각각이었다. 그중에서 배창환 선생님이 엮은 학생 시집《지금은 0교시》《36.4℃》, 공고 학생들이 쓴《오늘도 담임은 울 뻴이다》는 시 경험 쓰기를 할 때 아이들이 경쟁적으로 가져가려고 했던 책이다. 이런 학생 시집은 시 고르는 것을 어려워하는 아이들에게 건네주기에도 좋왔다.

네 번째 시간. 아이들은 열심히 글을 썼다. 힘주어 눌러쓴 글씨들이 빼곡한 종이를 잘 모아서 교무실로 가 앉았다. 오래 기다리지 못하고 꺼내 읽으면서 눈가가 시큰해졌다가, 입꼬리가 올라갔다가 했다. 아이들의 깊은 속내를 알게 되었고, 소소하고 애틋한 연애담도 실컷 읽을 수 있었다. 아이들이 이야기를 지닌 한 사람, 한 사람으로 다가왔다.

고른 시1

언젠가
할머니께서 황당한 말씀을 하실 때
나는, "헐"

— 헐이 뭐꼬?

하시길래

— 응, 어이없을 때 하는 말

이라고 답해드렸다.

언젠가

"할매, 할매 나 물 좀."

하니까

— 헐

깊은 눈주름 더 깊게 휘어지며

물을 떠다 주신다.

- 이보라, 〈헐〉, 전문

(배창환 엮음, 《지금은 0교시》, 한티재, 2014)

시 경험 글

나랑 엄마는 친밀도가 높다. 둘이 밥 먹으러도 가고 쇼핑도 하고, 하루 동안 있었던 일은 꼭 엄마에게 알리곤 한다. 한번은 친구들을 집에 데려와 같이 놀 때 '쩐다' '쩔어'라는 단어를 많이 사용했다. 나랑 친구들은 재밌고 놀라운 얘기를 하면서

"와, 쩐다." 하고 감탄도 했다.

친구들이 가고 나서 엄마는 나에게 '쩔어'가 무슨 뜻이냐고 물어보셨다. 나는 엄마에게 '대박'이란 말과 비슷한 뜻이라고 알려드렸다. 그 후로 시험을 보고 있는데 성적이 올라 엄마에게 전화로 성적이 올랐다고 얘기하니 엄마가 "쩐다~" 하고 대답해줘서 우리 둘 다 깔깔대며 웃었다.

얼마 전에는 학교에서 '화성 돌기' 봉사가 있었다. 화성을 따라 쭉 돌면 행운권을 추첨할 수 있었다. 중복으로 가지고 있어도 된다고 하셔서 20개 정도 추첨을 했다. 근데 그때 일 년 치 운을 다 써버린 건지 쌀, 자전거, 세탁기에 당첨되었다. 당첨된 세 개를 가져가야 해서 엄마에게 전화해 상품을 싣고 가야 한다고 말씀드렸다. 전화기 안에서 엄마는 또 "쩐다~"라고 말하며 주변 사람들에게 자랑하는 소리가 끊이질 않았다. 그 소리에 내 웃음도 떨어질 줄 몰랐다. 요즘도 우리 엄마는 TV를 보다가 가끔 말한다. "쩐다~"

• • •

고른 시2

아르바이트 끝나고 새벽에 들어오는 아이의
추운 발소리를 듣는 애비는 잠결에
귀로 운다

- 김주대, 〈부녀〉 전문
(《그리움의 넓이》, 창비, 2012)

시 경험 글

〈부녀〉라는 시는 아이가 아르바이트를 끝내고 새벽에 들어와 아버지가 이를 슬퍼한다는 내용이지만 나는 반대의 상황이다. 어머니가 밤늦게까지 일을 하고 내가 잠들어 있을 때 돌아오신다. 나는 조금 예민해서 자다가 문소리가 나면, 혹은 누군가 내 옆에 다가오면 잠이 깨는데 매일 밤 어머니가 돌아오시면 자다가 일어나서 "엄마 왔소?" 하고 말장난을 친 뒤 다시 잠이 든다.

내가 초등학생 때는 혼자 자는 걸 무서워해서 내가 잘 때까지 형이 옆에서 기다리거나 TV를 틀어놓고 TV 바로 앞에서 잠들었다. 누군가가 옆에 있기를 바랐던 것 같다. 내가 그렇게 TV 앞에서 자고 있으면 어머니는 밤늦게 들어오셔서 날 끌어안고 침대에 눕혀주셨다. 이제는 습관처럼 TV를 켜고 잠든다. 형이 군대에 갔다. 그러니 학교 끝나고 집에 가면 아무도 없다. 익숙해져서 자취하는 기분이 들기도 하지만 어떤 날은 '우리 집도 조금은 떠들썩했으면.' 하는 생각을 한다.

어머니는 이혼을 하시고 혼자서 나와 형을 키운다. 쉬는 날이 아니면 아침, 그리고 밤늦게 이렇게 두 번밖에 못 보는 것이다. 그래서 매번 '어머니한테 잘해드려야지, 속 안 썩여야지.' 하고 생각을 한다. 그렇지만 어머니의 잔소리를 들으면 내가 생각했던 것과는 다르게 어머니께 화를 낸다.

이 글을 쓰면서 부모님이 이혼하기 전 생각도 하게 되었다. 그때는 한 침대에서 나와 엄마, 그리고 형이 같이 잤다. 그러면 아버지가 새벽에 들어와 술을 마시고 난리를 쳤고 그걸 말리는 어머니의 목소리를 매일 듣게 되었다. 이제는 1년에 한 번 정도만 아버지를 만나러 가는데 아버지는 술을 마신 상태로, 혹은 맨정신으로도 가끔 미안하다고 하신다. 옛날 일을 생각하면 용서할 수 없고 아버지가 엄청 싫지만 세월이 지나면서 마음을 고쳐먹은 아버지가 싫지만은 않다. 지금은 재혼을 하셨고 매달 꼬박꼬박 돈을 모아 생활비를 보내주시는데 내 용돈도 함께 보내신다. 앞으로는 너무 미안해하지 마시고 행복하게 사셨으면 좋겠다. 어머니는 아직도 아버지를 싫어하는 것 같지만 옛날보다는 많이 괜찮아졌다고 한다.

이렇게 나에게 '문 소리'는 아버지 때문에 공포였고, 어머니 때문에 미안함이었다. 여전히 나는 어머니가 오시면 "아이고, 다녀오셨소. 마마"라고 장난을 친다. 아니면 자는 척을 하다가 벌떡 일어나 깜짝 놀라게 해드린다. 그런데 이제는 너무 많이 해서 어머니도 눈치를 채신다.

나중에는 내가 커서 이 시처럼 일을 하고 돌아와 주무시는 어머니를 내려다볼 수 있으면 좋겠다.

시 경험 쓰기에 활용한 시집

문고본

- 김소월, 《진달래꽃》, 디자인이음, 2017
- 백석, 《사슴》, 디자인이음, 2017
- 윤동주, 《하늘과 별과 바람과 시》, 디자인이음, 2017
- 정지용, 《향수》, 디자인이음, 2017
- 한용운, 《님의 침묵》, 디자인이음, 2018

청소년 시집

- 김선우, 《댄스, 푸른 푸른》, 창비교육, 2018
- 김애란, 《난 학교 밖 아이》, 창비교육, 2017
- 배수연, 《가장 나다운 거짓말》, 창비교육, 2019
- 박찬세, 《눈만 봐도 다 알아》, 창비교육, 2018
- 정덕재, 《나는 고딩 아빠다》, 창비교육, 2018
- 오은, 《마음의 일》, 창비교육, 2020
- 이정록, 《까짓것》, 창비교육, 2017

청소년 창작시집

- 구자행 엮음, 《기절했다 깬 것 같다》, 휴머니스트, 2012

- 류연우 외, 《내일도 담임은 울 뻴이다》, 휴머니스트, 2012
- 배창환 엮음, 《지금은 0교시》, 한티재, 2014
- 배창환·조재도 엮음, 《36.4°C》, 작은숲, 2012

단행본

- 강성은, 《Lo-fi》, 문학과지성사, 2018
- 강성은, 《별일 없습니다 이따금 눈이 내리고요》, 현대문학, 2018
- 곽재구, 《와온 바다》, 창비, 2012
- 곽재구, 《사평역에서》, 창비, 2013
- 곽재구, 《푸른 용과 강과 착한 물고기들의 노래》, 문학동네, 2019
- 기형도, 《입 속의 검은 잎》, 문학과지성사, 1991
- 김경미, 《고통을 달래는 순서》, 창비, 2008
- 김사인, 《가만히 좋아하는》, 창비, 2006
- 김사인, 《어린 당나귀 곁에서》, 창비, 2015
- 김상혁, 《다만 이야기가 남았네》, 문학동네, 2016
- 김소연, 《수학자의 아침》, 문학과지성사, 2013
- 김수영, 《꽃잎》, 민음사, 2019
- 김영미, 《맑고 높은 나의 이마》, 아침달, 2019
- 김용택, 《울고 들어온 너에게》, 창비, 2016
- 김주대, 《그리움의 넓이》, 창비, 2102

- 길상호, 《우리의 죄는 야옹》, 문학동네, 2016
- 나태주, 《꽃을 보듯 너를 본다》, 지혜, 2015
- 나희덕, 《어두워진다는 것》, 창비, 2001
- 나희덕, 《파일명 서정시》, 창비, 2018
- 도종환, 《세시에서 다섯시 사이》, 창비, 2011
- 문보영, 《책기둥》, 민음사, 2017
- 배수연, 《조이와의 키스》, 민음사, 2018
- 박소란, 《심장에 가까운 말》, 창비, 2015
- 박소란, 《한 사람의 닫힌 문》, 창비, 2019
- 박세미, 《내가 나일 확률》, 문학동네, 2019
- 박시하, 《무언가 주고받은 느낌입니다》, 문학동네, 2020
- 박준, 《당신의 이름을 지어다가 며칠은 먹었다》, 문학동네, 2012
- 박준, 《우리가 함께 장마를 볼 수도 있겠습니다》, 문학과지성사, 2018
- 사이토 마리코, 《단 하나의 눈송이》, 봄날의책, 2018
- 신미나, 《싱고,라고 불렀다》, 창비, 2014
- 안도현, 《너에게 가려고 강을 만들었다》, 창비, 2004
- 안희연, 《너의 슬픔이 끼어들 때》, 창비, 2015
- 안희연, 《여름 언덕에서 배운 것》, 창비, 2020
- 오은, 《유에서 유》, 문학과지성사, 2016
- 오은, 《우리는 분위기를 사랑해》, 문학동네, 2013

- 유이우,《내가 정말이라면》, 창비, 2019
- 유희경,《오늘 아침 단어》, 문학과지성사, 2011
- 유희경,《우리에게 잠시 신이었던》, 문학과지성사, 2018
- 이규리,《최선은 그런 것이에요》, 문학동네, 2014
- 이문재,《지금 여기가 맨 앞》, 문학동네, 2014
- 이장근,《퀸투》, 삶창, 2011
- 임솔아,《괴괴한 날씨와 착한 사람들》, 문학과지성사, 2017
- 임솔아,《겟패킹》, 현대문학, 2020
- 임지은,《무구함과 소보로》, 문학과지성사, 2019
- 정끝별,《와락》, 창비, 2008
- 정호승,《슬픔이 기쁨에게》, 창비, 2014
- 조해주,《우리 다른 이야기 하자》, 아침달, 2019
- 주민현,《킬트, 그리고 퀼트》, 문학동네, 2020
- 진은영,《훔쳐가는 노래》, 창비, 2012
- 하재연,《세계의 모든 해변처럼》, 문학과지성사, 2012
- 하재연,《우주적인 안녕》, 문학과지성사, 2019
- 함민복,《모든 경계에는 꽃이 핀다》, 창작과비평사, 1996
- 허연,《당신은 언제 노래가 되지》, 문학과지성사, 2020
- 황인찬,《구관조 씻기기》, 민음사, 2012
- 황인찬,《희지의 세계》, 민음사, 2015

• 황인찬, 《사랑을 위한 되풀이》, 창비, 2019

시와 산문 혹은 만화

• 김현, 《당신의 슬픔을 훔칠게요》, 미디어창비, 2018

• 싱고(신미나), 《詩누이》, 창비, 2017

• 싱고(신미나), 《청소년 마음 시툰: 안녕, 해태》, 창비교육, 2019

이 수업을 왜 하나요? _ 시 영상 만들기

'시 영상 만들기'는 모둠이 고른 시를 함께 읽고 그것을 이야기로 만들어 영상화하는 수업이다. 시 고르기(1차시), 역할 정하기 및 시놉시스 구상하기(2차시), 뮤직비디오 감상 및 콘티(스토리보드) 구상하기(3차시), 촬영하기(4차시)로 이루어지는데, 이를 토대로 편집자가 영상을 완성해 제출하면 1차 상영회 및 상호피드백(5차시)이, 그리고 최종상영회(6차시)가 이어진다.

'시 영상 만들기' 수업을 선생님들께 소개하면 우려의 목소리부터 나온다. "저부터가 영상 제작 프로그램을 잘 다루지 못하는데 아이들을 어떻게 가르치죠?"라는 활동 안내에 대한 걱정부터 "시를 이해하는 데 굳이 이 활동이 필요한가요?"

라는 활동의 의미를 묻는 것까지. 신규교사 연수에서 앳된 새내기 선생님이 "저… 질문이 있는데요. 그걸 하면 아이들한테 좋은 건 뭐예요? 그냥 시 감상하고 글 쓰는 것하고 다른 점은요?"라고 물었을 때는 발바닥에 땀이 났다. "이 수업을 왜 하나요?"는 '시 영상 만들기'를 주제로 수업 사례를 나누러 간 자리라면 거르지 않고 마주하는 질문이다.

먼저, 영상 제작 프로그램에 대해서라면 선생님들의 걱정은 기우다. 영상 제작이 어려울 것이라는 선생님들의 걱정과 달리, 프로그램 조작 문제는 큰 난관이 되지 않는다. 아이들은 영상제작 프로그램(윈도우 무비메이커)이나 앱을 능숙하게 조작한다. 간혹 무비메이커 사용법에 대해 묻는 학생이 있다. 그럴 때는 유튜브에 있는 '무비메이커 사용법' 영상을 소개해주면 된다. 영상을 보면 아이들은 어려움 없이 조작 방법을 익힌다.

두 번째 질문에 대해서라면 나 역시 이에 대해 고민한 적이 있다. 아이들이 만든 결과물을 받아본 후에 그랬다.

영이는 영화감독이 꿈이었다. 영상 제작에 자신 있어 하던 영이네 모둠은 도종환의 〈담쟁이〉를 골라 영상을 만들었다. 첫 장면부터 남달랐는데, 그건 극장 영화 상영 전 아이들이 불꽃을 올리는 유명 배급사의 리더필름이었다. 계속해서

낮은 점수를 받아 좌절하던 학생이 영상 속에 등장한다. 시험지에는 매번 붉은 비가 내리고, 아이는 좌절하게 된다. 그러던 어느 날 마음을 다잡아(?) 목표를 세워 열심히 공부한 결과, 목표한 명문대에 입학한다. 영상의 퀄리티는 마지막까지 최고였다. 시에 나타난 '좌절-극복'이라는 흐름도 파악했다. 그러나 놓친 것이 있었다. "한 뼘이라도 꼭 여럿이 함께 손을 잡고 올라간다"와 "담쟁이 잎 하나는 담쟁이 잎 수천 개를 이끌고 / 결국 그 벽을 넘는다"에서 알 수 있는 협동과 연대의 메시지가 빠져 있었던 것이다. 나는 시 〈담쟁이〉의 핵심 메시지가 빠진 영상에 만점을 줄 수 없었다.

은서 모둠이 만든 작품에도 유사한 문제가 있었다. 황지우의 〈너를 기다리는 동안〉을 선택해 '간절한 기다림'을 표현한 영상이었다. 스릴러적인 요소를 가미해 자꾸 무언가가 곧 온다는 문자 메시지가 오고, 영상 속 주인공은 작은 소리에도 화들짝 놀란다. 시종 공포스러운 음악이 깔린다. 공포스러운 분위기가 극으로 치달은 후 결말은 택배 기사가 기다렸던 물건을 전해주는 것으로 마무리된다. 영상 구성이 참신하고 연기가 재미있어서 작품을 감상하던 반 아이들은 은서네 모둠에 엄지를 치켜들었다. 영상에 품을 많이 들인 티가 났고, 아이들은 완성작을 보면서 서로 좋아하고 대단하다고 느끼는 분위기였다. 그러나 황지우의 시를 어찌 그렇게 해석할 수 있단 말인가. 시에서 말하는 "쿵쿵"거림은 설렘이지 공포가 아니거니와 마지막 행인 "너를 기다리는 동안 나는 너에게 가고 있다"에 대한 해석은 보이지 않았다. 아이들은 들떠 있었지만 나 혼자 불편한 감정을 느꼈다. 점수를 낮추고, 그 이유를 적는 마음이 편치 않았다. 중간 단계를 세심하게 지도하지 못한 내 탓이었다.

이 수업의 핵심은 시를 제대로, 그리고 새롭게 읽어내는 것이다. 활동의 중간 단계인 '시놉시스 쓰기'와 '스토리보드 구성하기' 단계를 반드시 교사가 확인해야 한다. 이때 아이들의 시 해석이 잘되었는지, 제작 계획에 반영되었는지도 살펴야 한다. 또, 가능하다면 최종 결과물을 받기 전에 '중간 상영회'를 해서 부족한 점을 보완해줄 수 있어야 한다. 징검다리를 세심하게 놓아주지 않고 결과물을 받았을 때 난감해지지 않으려면 필요한 과정들이다.

시 영상 만들기는 품이 많이 드는 수업이다. 아이들은 촬영과 편집을 위해 시간을 내야 하고, 교사는 제작 과정을 세심하게 검토해야 한다. 상당한 시간과 수고를 들여야 함에도 나는 아이들과 영상을 만들 것이다. 누군가 "이 수업을 왜 하나요?" 하고 묻는다면, "아이들이 좋아하니까요"라고 답할 것이다.

친구들과 함께 시를 읽고 해석한 다음 직접 출연도 하면서 영상을 만드는 경험을 대부분의 아이들은 즐겼다. "그때 시 읽고 영상 만들어본 거 재미있었어"라고 기억할 수 있다면 그보다 더 욕심낼 게 있을까. 의자에 엉덩이를 대고 앉아 있으면서도 고개는 늘 축구장에 가 있던 대섭이는 시와 관련된 활동을 좋아했다. 대섭이는 수업을 마치고 이런 후기를 남겼다.

> 이번 활동을 통해서 짧은 시가 긴 영화와 같은 감동을 전해줄 수 있다고 느꼈다. 영상으로 만들 시를 읽다가 내 마음에 확 와닿는 시가 몇 편 있었는데 그 시들을 읽고서 영화보다 더한 감동을 받았다. 앞으로 좋은 시집을 찾아봐야겠다.

이야기로 만들기

나는 평택 시내의 한 중학교에서 교직 생활을 시작했다. 초임 때 나의 고민은 아이들에게 들려줄 이야기 주머니가 없다는 것이었다. 중학교 1학년 아이들의 집중력은 20분. 교실에 들어가서 앉히고 분위기를 정리하는 데 10분을 들인 다음 간신히 수업을 진행하고 20분 정도가 지나면 여기저기서 소란스러움이 비집고 나왔다. 어디선가 종이비행기가 날아오고, 앞뒤로 툭툭 치며 까르르 하는 소리가 들렸다. 금세 아수라장이 되고 마는 교실. 아이들이 흥미로워할 만한 이야깃거리를 생각해내서 간간이 들려주기 위해 경험과 뉴스를 쥐어짜던 시절이었다.

같은 학년 국어 선생님 두 분은 아이들을 통제하지 못해 헤매고 있던 나와 달랐다. 카리스마 넘치는 학년부장 J선생님과 아이들의 웃음을 몰고 다니던 U선생님. 두 분은 타고난 이야기꾼이었다. 그분들이 너무 부러웠다. 다니엘 페나크가 이야기하듯, 꼬물대던 때부터 이야기의 세례를 받으며 자라온 그 아스라한 기억 때문일까. 아이들에게는 이야기를 좋아하는 본성이 있다.

> 문학이 어떻게 우리의 삶 속에 스며들기 시작했는가를 생각해보십시오. 이야기의 시대는 그 옛날 기억마저 아스라한 시절, 갓난아이를 어르고 재우는 자장가를 그만둘 즈음부터 벌써 시작됩니다. 아이는 젖을 빨 듯 이야기를 빨아들입니다. 그러곤 그 경이로운 이야기들의 세계가 끊임없이 되풀이되며 이어지기를 요구합니다. 아이는 냉철하기 그지없는 훌륭한 독자입니다. 나 또한 하고 많은 마법사며 괴물, 해적, 요정 따위를 끊임없이 지어내느라 얼마나 많은 시간을 바쳐야 했는지 모르겠습니다. 그럼에도 아이들은 진이 다 빠져버린 아빠에게, '또 해줘.' 하며 졸라대곤 했습니다.
>
> \- 다니엘 페나크, 이정임 옮김, 《소설처럼》,
> 문학과지성사, 2004, 66쪽

국어 과목에서 좋아하는 단원을 고르라고 하면 다수의 아이들이 시보다는 소설을 꼽는다. 소설책을 시간 가는 줄 모르고 읽는 모습은 쉬는 시간에도 종종 목격되지만 시집을 들고 다니며 읽는 학생은 보기 어렵다. 그렇다면 두 갈래를 만나게 해보는 것은 어떨까.* 비어 있는 부분을 독자가 채워나갈 수 있는 것 또한 시의 매력이니까. 이미지에서 출발해 시를 이야기로 구성해보는 활동을 하는 것도 시를 읽는 한 가지 재미가 될 수 있겠다고 생각했다. 여전히 나는 재미있는 이야기를 들려주는 데는 소질이 없지만, 좋은 작품을 소개할 수는 있으니까.

고2 수업에서 끝맺음이 아련한 정서를 불러오는 황인찬의 〈무화과 숲〉을 천천히 읽은 다음, 시에서 찾아낼 수 있는 모든 것을 찾도록 했다. 단편적인 상황 파악부터, 정서, 제목까지 최대한 많은 정보를 수집하는 것이다. 그런 다음 수집한 단서를 토대로 상상력을 더해 이야기 구성 요소인 인물, 사건, 배경을 써보도록 했다. 다만 단순한 공상은 안 되고 시에 기반한 상상이어야 함을 강조했다. 앞에서 찾아낸 요소를 바탕으

---

* 박신영 선생님의 박사학위 논문 〈상상력 기반의 시 교육 연구〉(한국교원대학교, 2018) 세미나를 듣고 아이디어를 얻었다.

로 살을 붙여 A4 용지 열 줄 정도의 짧은 이야기를 써보도록 했다. 이야기를 완성할 때는 시간 순서에 따라 줄거리를 써보는 것도 좋지만, 인과적 관계를 고려해 소설적 구성(플롯)을 갖춘 글로 변형해 쓸 수 있음을 안내했다.

글이 완성된 다음에는 모둠 안에서 돌려 읽고 간단한 감상을 공유하도록 한다. 아이들은 친구들이 쓴 이야기를 읽으면서 시를 읽고 상상할 수 있는 장면과 이야기의 다양성을 알게 된다. 동시에 모둠원들이 공통으로 느낀 정서와 메시지를 통해 시의 주제를 자연스레 파악하게 된다. 모둠에서 대표 작품을 선정해, 반 전체를 대상으로 발표하면서 수업을 마무리한다. 이 수업은 아이들의 자유로운 생각을 들을 수 있어서 좋다. 나의 이야기와 친구의 이야기는 다르지만 닮았다. 다른 이야기를 떠올리지만 유사한 정서를 함께 공유할 수 있다는 점도 흥미롭다.

이야기로 만들기 수업의 예

쌀을 씻다가
창박을 봤다

숲으로 이어지는 길이었다

그 사람이 들어갔다가 나오지 않았다
옛날 일이다

저녁에는 저녁을 먹어야지

아침에는

아침을 먹고

밤에는 눈을 감았다

사랑해도 혼나지 않는 꿈이었다

- 황인찬, 〈무화과 숲〉 전문

(《구관조 씻기기》, 민음사, 2012)

인물	20대 남성
사건	사랑하는 사람이 있었으나 떠나가버리고 혼자다. 혼자 밥을 지어 먹고 혼자 자면서 외롭게 지낸다.
배경	밤, 방 안

오늘도 혼자 밥을 먹는다. 쌀이 별로 없으니까 이번 주 동안 먹을 만큼을 잘 나누어서 먹어야 한다. 쌀을 씻을 때마다 밖을 보면 떠난 그녀가 떠오른다. 아주 오래도록 힘들었는데 그 길만 보면 여전히 생각이 난다. 실은 어제 꾼 꿈에서 그녀를 만났다. 우리는 하루 종일 사이좋게 같이 있으면서 사랑을 속삭였다. 나도 안다. 꿈에서만 가능한 일이다. 속도 없이 끼니 때가 되면 배가 고프고, 나는 또 밥을 먹는다. 이제 대학 생활

도 마지막 학기다. 고향에 계신 부모님에게도 늘 미안한 마음뿐이다. 곧 있을 인턴십도 어떻게 될지 모르겠다. 나는 꽃이 피지 않는 나무다. 나를 떠난 그녀도 나의 이런 무기력한 모습이 싫었겠지. 능력도 꿈도 없는 내가 싫었을 것이다.

• • •

인물	중년 여성
사건	남편과 행복한 삶을 살고 있었으나 오래전 그가 떠나고 돌아오지 않는다. 지금은 혼자 살면서 남편을 그리워하고 있다.
배경	집 안, 부엌

그녀는 늘 잠을 설쳤다. 행복한 꿈을 꾸면 죄를 짓는 기분이 들었기 때문이다. 늘 웅크리고 잠을 자던 그녀는 그이와 찍은 유일한 사진을 베개 밑에 넣고 자는 오랜 습관이 있다. 결혼식 대신 갔던 여행에서 남겨온 것이다. 행복한 날들도 잠시였다. 사랑했던 그를 불의의 사고로 잃은 지 벌써 10년이라는 시간이 흘렀다. 그녀는 그의 죽음 이후 잠을 자도 자는 것 같지 않고 밥을 먹어도 먹은 것 같지 않았다. 그런 그녀가 오랜만에 꿈에서 그를 만났다. 그는 아무 말 하지 않고 그녀를 지그시 바라보다가 사라졌다. 왠지 모를 따뜻함이 가득한 눈

이었다. 그녀에게 다시 온 아침, 그가 떠난 지 10년 만에 아침을 지어 먹었다. 그녀는 저녁에는 새 밥을 먹어야지 하고 다짐한다.

담을 넘는 시 읽기

출판시장 통계에 따르면 소설 판매량 중 대부분은 외국 작품이라고 한다. 그런데 재미있게도 시는 정반대다. 시집 판매량은 무척 낮지만 그나마 팔리는 것들은 대부분 국내 시인들의 작품이다. 시를 좋아한다는 성인 독자층에서도 외국시는 읽지 않는 이들이 많으니 어쩌면 당연한 결과다. 나 역시 외국시를 읽어본 경험은 거의 없었다. 그런데 최근 좋은 번역가를 만난 외국시들을 알게 되어 새로운 기쁨을 느꼈다.

그 시작은 윤동주였다. 푸른 가을 하늘은 내게 윤동주의 시 〈소년〉을 연상하게 한다. '눈썹'에도, '볼을 쓸어낸 손바닥'에도 파란 물감이 묻어난다는 시의 구절을 읽고는 가을 하늘을 좀 더 감각적으로 느끼게 되었다. 그 파랑이 내게도 물드는 것만 같다.

> 여기저기서 단풍잎 같은 슬픈 가을이 뚝뚝 떨어진다. 단풍잎 떨어져 나온 자리마다 봄을 마련해 놓고 나뭇가지 우에 하늘이 펼쳐있다. 가만히 하늘을 들여다보려면 눈썹에 파란 물감이 든다. 두 손으로 따뜻한 볼을 쓸어보면 손바닥에도 파란 물감이 묻어난다. 다시 손바닥을 들여다본다. 손금에는 맑은 강물이 흐르고, 맑은 강물이 흐르고, 강물 속에는 사랑처럼 슬픈 얼굴——아름다운 순이(順伊)의 얼굴이 어린다. 소년은 황홀히 눈을 감아 본다. 그래도 맑은 강물은 흘러 사랑처럼 슬픈 얼굴——아름다운 순이(順伊)의 얼굴은 어린다.
>
> \- 윤동주, 〈소년〉 전문
> (《하늘과 바람과 별과 시》, 1948)

이 작품을 다시 읽게 된 것은 지난봄 친구 고운과 교토 여행을 계획하면서였다. 둘 다 교토 여행 경험이 있었기 때문에 이름난 관광지에 가기보다는 자유롭게 걷기로 했다. 그럼에도 의기투합, 가보기로 마음먹은 곳이 있었다. 도시샤 대학이다. 국어교사인 우리는 윤동주와 정지용의 흔적이 있는 그곳에 가보고 싶다는 막연한 기대를 품었고, 떠나기 전 윤동주의 시집을 다시 읽었다. 고운이 건넨 것은 이음문고에서 나온 작은 문고본 시집이었다.

시를 다시 읽으니 전에 주목했던 '파란 하늘'이 주는 맑은 기운보다는 '슬픔'이라는 단어에 눈길이 닿았다. 소년이 바라본 하늘과 강물에는 슬픔이 어린다. 부끄러움, 성찰, 기독교 정신, 윤리의식 등과 관련되어온 윤동주의 시에서 슬픔의 정서가 두드러짐을 발견하는 순간이었다. 〈소년〉 역시 '순이順伊'로 대변되는 세계에 대한 그리움과 슬픔이 담겨 있는 시다. 실제로 연구 자료를 보면 그의 시에 슬픔과 눈물이 자주 등장한다는 것을 확인할 수 있다. 문학평론가 정은경은 《하늘과 바람과 별과 시》의 열아홉 편(〈서시〉까지 포함)에서 '슬프다'라는 표현이 들어 있는 시는 여섯 편으로, '눈물' '서럽다' '울분' 등과 같은 슬픔과 관련 있는 어휘들이 들어 있는 네 편을 합치면 열 편의 작품이 직접적으로 슬픔을 표출하고 있으며, 그 밖의 시들도 간접적으로 '슬픔'의 감수성 바탕 위에 놓여 있다고 썼다.*

---

* 정은경, 〈윤동주 시와 슬픔의 미학〉, 《한국문학이론과 비평》 43집, 한국문학이론과 비평학회, 2009.

윤동주의 시비詩碑는 연세대학교에도 있다. 우리는 교토로 떠나기 한 달 전쯤 신촌에서 만났다. 연희전문학교 시절 동주와 몽규가 지내던 기숙사 건물은 윤동주기념관이 되었고, 기념관을 마주한 곳에 시비가 있다. 반듯한 글씨로 〈서시〉가 새겨져 있었다. 가슴 밑에서부터 무언가 울컥 올라오는 걸 느꼈다. 대학생이던 동주의 시간들을 떠올리며 그 앞에 한동안 서 있었다.

그즈음 우연히 시인 사이토 마리코를 알게 되었다. 그녀는 모국어인 일본어가 아닌 한국어로 시를 쓰는 사람이다. 그녀가 남긴 시 가운데 내가 선 이 자리에서 윤동주에게 인사를 남기는 작품이 있었다.

모르는 사이에 당신의 나이를 넘어 있었습니다
그것을 잊은 채로 당신의 나라에 와버렸고
잊은 채로 당신의 학교에까지 와버렸습니다
팔짱을 끼고 독수리상을 지나서 좀 왼쪽으로 올라가면
당신의 비석이 서 있습니다
당신의 나이를 넘은 제 삶을
여기에 옮긴 것은 옳았던 것인지

"여기는 윤동주 선배님의 조용한 안식처입니다. 담배꽁초를 버리지 맙시다."

오늘은 비가 지독하고

팻말은 풀숲 속에 쓰러진 채 비에 젖어 있었지만

후배들은 여기서 담배 따위는 피우고 있지 않아요

여기 올 때마다 조그마한 꽃다발이 놓여 있습니다

"시인이 시인이라는 이유만으로 학살당했다. 그런 시대가 있었다."

라고 일본의 한 뛰어난 여성 시인이 쓴 적이 있습니다

당신에 대해서입니다.

그것은 저희 어머니의 시대 할머니의 시대입니다

저는 당신의 종점으로부터 걸어왔습니다

언제나 종점으로부터 출발해왔습니다

이제 폭풍우는 우상을 뒤집어서

저는 당신의 말 앞에 서 있습니다

실현될 때 말은 빠릅니다

빛처럼 실현될 때

말은 운명입니다

약속이 이루어질 수 없는 이 지상에서

녹지 않는 별의

그 딱딱한 눈동자의 빛에 비추면서
저의 부끄러움과 당신의 부끄러움은
서로 얼굴을 맞을 수 있는 것인가요

비가 그치면
"사람이 되지"라 대답한
수없는 당신의 동생들이
뛰어다니는 이 대학가 상공에
하늘과 바람과 별과 시와
최루가스가 자욱하게 있습니다

- 사이토 마리코, 〈비 오는 날의 인사〉 전문
(《단 하나의 눈송이》, 봄날의책, 2018)

당신(윤동주)의 종점에서부터 걸어왔다는 화자 '나'는 비 오는 날, 팻말이 풀숲에 쓰러진 교정의 시비 앞에서 자신의 부끄러움을 꺼내어보고 있다. 그러나 비가 그친 후에도 최루가스가 자욱하기에 아우들에게는 맑은 하늘을 물려줄 수가 없다. '내'가 시대를 돌아 찾아온 윤동주의 고국은 여전히 쓸쓸하고 혼란스러운 세계로 그려진다. 사이토 마리코가 시의 부제로 인용한 당신의 또 다른 시 〈아우의 인상화印象畵〉의 구절이(너는 자라 무엇이 되려니/ 사람이 되지) 시의 후반부에서 다시 등장하는데, 시 속의 '나'는 아우에게 사람답게 살 수 있는 세상을 자신 있게 말할 수 없는 윤동주 시인의 마음에 공명하고 있다. 그리고 여전히 세상이 나아지지 않았음에 가슴 아파하고 있다. 이 작품을 읽는 오늘의 나 역시 '붉은 이마'와 '앳된 손'의 아우에게 '자라면 사람이 된다고' 이야기할 수 있을까? 어렵다. 여전히 산다는 건 불안하고 서러운 일이다.

일본인들이 윤동주에 대해 갖는 경외심은 어제오늘의 일이 아니라고 들은 바 있다. 시인 허연은 자신의 에세이에서 "일본 연수 시절 도쿄 신주쿠에 있는 서점에 자주 갔는데 해외 시 코너에서 압도적으로 눈에 띄는 책이 윤동주 관련 서적이었다"*라고 했다. 적어도 일본 최대 서점에서 윤동주는 예이츠나 릴케보다도 더 중요한 대접을 받는 시인이란다. 그 마음이 고스란히 담긴 시를 읽게 된 것은 무척 특별한 경험이었다. 그것도 한국어로 쓴 시를 말이다. 사이토 마리코의 가슴에는 윤동주의 시들이 별처럼 내려앉아 있는 듯하다.

사이토 마리코의 〈눈보라〉는 겨울이면 학생들과 함께 읽

---

* 허연, 《시의 미소》, 민음사, 2016, 79~80쪽

는 작품이다.

수업이 심심하게 느껴지는 겨울날 오후에는 옆자리 애랑 내기하며 놀았다. 그것은 이런 식으로 하는 내기이다. 먼저 창문 밖에서 풀풀 나는 눈송이 속에서 각자가 눈송이를 하나씩 뽑는다. 건너편 교실 저 창문 언저리에서 운명적으로 뽑힌 그 눈송이 하나만을 눈으로 줄곧 따라간다. 먼저 눈송이가 땅에 착지해버린 쪽이 지는 것이다. "정했어." 내가 낮은 소리로 말하자 "나도" 하고 그 애도 말한다. 그 애가 뽑은 눈송이가 어느 것인지는 나는 도대체 모르지만 하여튼 제 것을 따라간다. 잠시 후 어느 쪽인가 말한다. "떨어졌어." "내가 이겼네." 또 하나가 말한다. 거짓말해도 절대로 들킬 수 없는데 서로 속일 생각 하나 없이 선생님 야단맞을 때까지 열중했다. 놓치지 않도록, 딴 눈송이들과 헷갈리지 않도록 온 신경을 다 집중시키고 따라가야 한다. 다른 모든 눈송이와 아주 비슷하게 생긴 단 하나의 눈송이.

나는 한때 그런 식으로 사람을 만났다. 아직도 눈보라 속 여전히 그 눈송이는 지상에 안 닿아 있다.

- 사이토 마리코, 〈눈보라〉 부분

(《단 하나의 눈송이》, 봄날의책, 2018)

'다른 모든 눈송이와 아주 비슷하게 생긴 단 하나의 눈송이'라. 눈송이들은 자연히 그 무엇도 같은 생김을 가질 수 없다. 인간 역시 모두 비슷하지만 다르다. '나' 자신도 '단 하나의 눈송이'이며, '나'는 조금씩 다른 눈송이들과 만났다. 그런 '나'라는 눈송이는 지상에 떨어져 저물거나 녹지 않았다. 여전히 부유하고 있다. 그러니까 '나'는 '나'라는 '눈송이'를 계속해서 응시하고 있는 것이다. 나는 이 시를, 흔들리고 있지만 살아 공중을 유영하는 자신에 대한 기다림이자 믿음으로 읽었다.

언어의 경계에서 쓰인 《단 하나의 눈송이》를 읽으면서 시의 번역 가능성에 대해 새로이 생각하게 되었다. 시는 번역하고 나면 고유의 언어가 가지고 있는 미감美感을 온전히 받아들일 수 없게 된다고 생각해서 외국 시인의 시집은 읽어볼 생각을 하지 않았었다. 시를 번역하는 데 한계는 있을지라도 그 과정에서 버려지는 언어가 아름다울 수 있음을 간과해온 것이다. 최근 새롭게 번역되어 출간되는 시들을 물색하게 되었다. 미야자와 겐지의 시는 그러던 중에 만났다.

오늘 안으로

멀리 떠나버릴 나의 누이여
진눈깨비 내려 바깥은 수상하도 환하구나
(눈송이 담아 가져다주세요)

(…)

눈과 물의 새하얀 두 계열을 지닌
투명하고 차가운 물방울로 가득한
윤기 나는 이 소나무 가지에서
나의 상냥한 누이가 먹을
최후의 음식을 덜어서 가자
우리가 함께 자라면서 쓴
정든 이 쪽빛 그릇 모양과도
너는 오늘 이별하겠구나
(Ora Orade Shitori egumo)
진정 오늘 너는 떠나고 말리라
아아 저 폐쇄된 병실의
어두운 병풍과 모기장 안에서
부드러이 해쓱히 열에 달뜬
나의 씩씩한 누이여

이 눈은 어디를 골라도
참으로 새하얗다
저리도 사납게 휘몰아치는 하늘에서
이리도 아름다운 눈이 내리는구나

(다시금 사람으로 태어날 때에는
내 걱정 하나에만 사로잡혀 살지 않는
그런 사람으로 태어나겠어)

네가 먹을 두 그릇 눈에 대고서
나 지금 간절히 기도하나니
부디 이것이 천상의 아이스크림이 되어
너와 모두에게 신성한 양식이 되기를
내가 가진 모든 행복을 걸고 비노라

– 미야자와 겐지, 〈영결의 아침〉 부분
(정수윤 옮김, 《봄과 아수라》, 인다, 2018)

누이를 위해 눈보라를 뚫고 눈을 구해오는 '나'의 마음이 애달프게 느껴지는 작품이다. 그러나 이 시는 죽음을 목전에 둔 누이를 향한 오빠의 사랑으로만 읽히지 않는다. 그 역도 성립한다. '나'는 누이의 부탁으로 눈을 구하러 갔을 때 그 행위가 '자신의 일생을 밝혀주기 위한' 것이었음을 깨닫는다. 음산하고 컴컴한 눈보라 속에서도 하얀 눈을 발견하도록 한 것은 어려움 속에서도 순수하고 맑은 것을 발견하기를 바라는 누이의 마음이었으리라. 이어 '나'의 마음도 여기에 조응하면서 누이에게 바치는 눈 그릇이 '천상의 아이스크림이 되기를' 바라고 있다. 단지 나의 혈육에게만이 아닌 '모두'를 위해 행복을 비는 것. 슬프고도 아름다운 정서는 흰색과 푸른색이 대비되는 이미지와 더불어 감각적으로 전달된다.

누이가 남긴 말은 '내'가 진눈깨비를 헤치고 눈을 담아온 그릇처럼 괄호 '(　)' 안에 소담히 담겨 있다. 이미지와 메시지가 어우러진다. 이 시집을 우리말로 옮긴 번역가 정수윤에 따르면 괄호 안에 쓰인 "Ora Orade Shitori egumo"는 '나는 나대로 혼자서 간다'라는 뜻이라고 한다. 그는 한 인터뷰에서 "여동생이 죽기 직전 몇 번이고 되뇐 말로 알려져 있는데, 알파벳으로 쓰여 있다(Ora Orade Shitori egumo). 미야자와가 동생의 말소리(도호쿠 지방 사투리)를 있는 그대로 쓰고 싶어서였는지, 이 말을 히라가나로도, 가타가나로도 쓰지 않은 것이다"라고 전했다.*

---

* 번역가 정수윤 인터뷰, 〈나는 나대로 혼자서 간다 Ora Orade Shitori

미야자와 겐지는 우리에게 친숙한 애니메이션 〈은하철도 999〉의 원작《은하철도의 밤》으로 국내에도 잘 알려진 문학가다. 그가 남긴 유일한 시집인《봄과 아수라》는 서문에서 "이것은 심상 스케치다"라고 밝힌 바와 같이 이미지가 두드러지는 작품이 많다. 그는 고독과 슬픔의 정서를 중심으로 그 위에 고향, 물질적 상상력, 자연 등을 소재로 한 시를 창작했다. 그중 "비에도 지지 않고 바람에도 지지 않고"로 시작하는 〈비에도 지지 않고〉는 많은 이들의 사랑을 받는 작품이기도 하다.

외국 시인의 시를 읽어보니 예상과 달리 낯설지만은 않았다. 어떤 시에 더 마음이 가느냐의 문제는 국경과 언어의 문제가 아니라는 생각이 든다. 남미의 시인 세사르 바예호의 말을 가끔 떠올린다. "인간은 슬퍼하고 기침하는 존재 / 그러나 뜨거운 가슴에 들뜨는 존재 / 그저 하는 일이라곤 하루하루를 연명하는 음습한 포유동물"* 시간과 공간의 담을 넘어 만난 시인들은, 슬프고 고독했다.

---

egumo〉,《빅이슈》, 2018년 7월호

* 세사르 바예호, 고혜선 옮김,《오늘처럼 인생이 싫었던 날은》, 다산책방, 2017.

책 읽기가 좋은 이유 중 하나는 다른 시대와 공간에 있는 이들과도 친구가 될 수 있다는 것이다. 빗장을 열고 나오니 먼 곳의 수많은 시인들이 나를 환영해주었다. 다니카와 슌타로, 비스와바 쉼보르스카, 페르난두 페소아, 에밀리 디킨슨…. 좋아하는 시인들이 생겨났다. 아이들에게도 외국시를 몇 편 소개해야겠다.

한 줄도
너무 길다

'다양한 지역의 글'이라는 주제의 교과서 제재 선정 작업에 참여한 일이 있다. 자료 개발에 앞서 기존 교과서에 실린 글을 살펴봤는데, 《돈키호테》《데미안》《군주론》 같은 서구 열강의 고전 소설이나 철학서가 대부분이었다. 교과서에 실리는 글마저 힘이 센 나라의 목소리, 남성 작가들의 목소리만 있다니 의아했다.

새로운 제재로 어떤 글이 좋을까 고민하다 증언문학의 가치를 기리기 위해《이것이 인간인가》와《체르노빌의 목소리》를 선정하고 활동을 짰다. 꽤 오랜 시간이 걸리는 작업이었는데 복잡한 이유로 프로젝트가 무산되어 아쉬움이 컸다. 그때 그 경험은 수업에 활용할 글을 찾을 때 지역적 편향성이 있지는 않은지 살피는 계기가 됐다.

당시 작업을 하면서 도입 활동으로는 우리나라의 시조와 중국의 한시, 그리고 일본의 하이쿠를 비교하는 활동을 구상했었다. 그러면서 각기 매력이 다른 짧은 시에 관심을 가지게 되었다.

시조와 한시는 고등학교 때 배운 바 있지만 하이쿠에 대해 알게 된 것은 최근이다. 류시화 시인이 엮어옮긴 하이쿠 선집을 통해서였다. 짧은 한 줄의 문장에 아름다운 자연이나 순간의 깨달음을 담아내는 미학이 신선하게 느껴졌다. 가쿠와 이싸, 바쇼 같은 하이쿠 시인들을 만나게 되었다. 일본 시인들의 이름은 왠지 정겹게 느껴진다. 나는 특히 이싸의 시가 마음에 들었다.

긴 글을 읽기 싫어하는 아이들, 시 쓰기라면 지레 부담을 갖는 아이들의 얼굴이 떠오르면서 하이쿠를 시 수업의 한 꼭지로 활용하기 좋겠다 싶었다. 마침 하이쿠를 활용해 남고생들과 '한 줄 시 짓기' 수업을 하는 허수은 선생님 도움을 받아 수업을 진행할 수 있었다.

먼저 하이쿠가 무엇인지 소개했다. 류시화의《한 줄도 너무 길다》의 서문에는 다음과 같은 일화가 실려 있다. 프랑스 어느 대학에서 하이쿠를 강의하던 교수가 학생들로부터 이런 요청을 받았다는 것이다. "교수님, 제목에 대한 강의는 그만하고 이제 본문에 대해 말씀해주십시오."* 학생들이 제목으로 오해할 만큼 하이쿠는 짧고 압축적이다.

하이쿠는 한 행이 각각 5자, 7자, 5자로 되어 있는 총 17자의 짧은 정형시다. 짧지만 그 안에 담긴 내용은 다양하다. 진정한 시 세계에 대한 갈구, 인간으로서의 고독과 우수, 여행과 방랑을 향한 그치지 않는 동경 등이 소재가 되었다. 또한 시공간을 뛰어넘은 독자들에게도 울림을 주는 인간 보편의 정서를 담고 있다. 무엇보다 대상을 자신만의 시선으로 관찰하고 그 본질에 다가가려는 시도를 압축적으로 표현하는 것을 시라고 할 때, 하이쿠는 이를 잘 보여준다.

아이들에게 하이쿠에 대해 간단하게 설명한 후 하이쿠 열다섯 편 정도를 소개했다. 개인 활동지에 인쇄된 하이쿠를 읽고 아이들은 마음에 드는 작품을 세 작품 골라 동그라미 표시를 했다. 그런 다음 그 작품이 마음에 든 이유와 읽은 느낌을 간단하게 두세 줄로 메모했다. 기록이 끝난 활동지는 짝꿍과 앞뒤로 앉은 친구들과 마주 보고 네 사람이 돌려 읽으면서 좋아하는 시를 공유했다. 활동지에는 다음과 같은 시

* 류시화 엮어옮김, 《한 줄도 너무 길다》, 이레, 2000, 147쪽

를 담았다.

우리 두 사람의 생애,

그 사이에

벚꽃의 생애가 있다

- 바쇼

흰 눈이 펑펑

마음속 눈도 분분

울고 싶어라

- 바쇼

올해의 첫 매미 울음

인생은

쓰라려, 쓰라려, 쓰라려

- 이싸

감상이 마무리된 후에는 자연 혹은 인상적인 대상을 떠올리면서 자신의 언어로 한 줄 시를 써보기로 했다. 대상에 대한 관찰과 그 안에 마음을 감춰 담아낼 수 있도록 써보자고 이야기를 하니, 아이들은 곰곰이 궁리하며 자기만의 짧은 시를 만들어냈다. 좀 전에 시 감상을 돌려 읽던 친구들과 다시 얼굴을 맞대고 서로 쓴 시를 공유했다. 잠깐 고쳐 쓰는 시간을 갖도록 한 다음, 책갈피 크기로 잘라놓은 색지를 나누어주었다. 자기만의 한 줄 시를 깨끗하게 옮겨 쓰도록 한 뒤, 교실에 1~2주 게시했다가 아이들에게 책갈피 선물로 돌려주었다.

학생글 1

손 안을 파고드는 벚꽃잎
걱정도 바람에 날리네

학생글 2

커다란 나무도
바람에 가지를 흔든다

학생글 3

시험이 끝난 날

친구들과 신나게 놀았는데
집 앞에 도착하니 느려만지는 발걸음

학생글 4

아이스크림은 녹아
떨리는 손에 흐르고
너는 다른 곳만 보고

5월의 어느 날 아이들의 성화로 갑자기 하게 된 야외수업에서도 한 줄 시 쓰기를 했다. 싱그러운 수업이었다. 작품들을 게시했다가 스티커로 투표를 했는데 동욱이의 작품이 장원으로 뽑혔다. 오글거리는 연애시에 별 스티커를 투척하는 귀요미들! "오늘도 넘어졌다 / 어제도 넘어졌다 / 내일도 넘어지고 / 그녀에게 넘어졌다"

함께 만드는 음악이랄까

미국의 재즈클럽에서 시작되었다는 '포이트리 슬램Poetry Slam'은 자신이 쓴 자유시를 리듬에 실어 읽어 내려가는 퍼포먼스다. 유튜브에 검색하면 다양한 퍼포머들의 영상을 만날 수 있는데, TED에서 볼 수 있는 해리 배커Harry Backer의 낭독은 아주 인상적이다. 시 낭독이 음악적 퍼포먼스가 되는 시대라니. 시의 리듬이 구현되는 폭이 더욱 넓어졌음을 느낀다.

아이들과 깔깔거리며 시의 음악성에 몸을 실어본 경험이 있다. SNS에서 화제가 되었던 문현식의 동시 〈비밀번호〉는 귀여우면서도 그리움을 부르는 작품이다. 이 시를 수업시간에 함께 읽기로 했다. 준수에게 낭독을 부탁하니 처음에는 어떻게 읽어야 할지 몰라 어리둥절해한다. 네모를 비밀번호 누르는 소리 '삑-삑-'으로 읽으면 된다고 알려주니, 금방 고개를 끄덕인다. 삑-삑- 소리가 이어지는 시를 들으며 교실 안에는 웃음이 번졌다.

하루는 예진이가 수업 시간에 조금 늦게 들어온 벌칙으로 앞에 나와 이제니의 〈옥수수 수프를 먹는 아침〉을 읽은 적이 있다. 옥수수와 알갱이라는 말이 자꾸 반복되는 시를 듣고 있으려니, 글자들이 옥수수 알갱이 낱알 하나하나처럼 느껴졌다. 알갱이라는 말을 되풀이하는 예진이의 목소리를 들으며 나도, 아이들도 웃었다. 이제니의 시는 글자 하나 차이를 두고 비슷한 말들끼리 부딪히면서, 또 반복되는 부분이 다양하게 변주되면서 음악을 만든다. 그래서 소리 내어 읽으면 참 좋은 작품이 많다. 놀이 같고, 노래 같은 시의 음악. 카렌 브릭센의 《아웃 오브 아프리카》에는 이런 장면도 있지 않은가. 케냐의 아이들이 시를 읊어달라고 하며 말하는 장면. "또 해주세요. 비처럼 말하는 거요."*

그러나 나 역시 막상 교과서 안에서 '운율'을 설명할 때면 다시 딱딱해지고 만다. 음보, 음수, 음운, 어휘, 구절 등이 반복될 때 생겨나는 것이 시의 음악성이라고 그 반복의 패턴을

---

* 카렌 브릭센, 《아웃 오브 아프리카》, 열린책들, 2009, 256쪽

헤아리게 되는 것이다. 운율에 대한 이러한 설명 방식은 오래되었다. 중학교 1학년 시절 김영랑 시인의 시 〈돌담에 속삭이는 햇발〉을 배우면서 울림소리인 'ㄴ, ㄹ, ㅇ, ㅁ' 네 개의 자음을 암기하려 '노랑양말'이라는 이름을 붙이고 그 음운들에 동그라미를 치며 운율을 배웠다. 그런 내가 자라서 그대로 틀을 깨지 못하고 교단에 서 있다. 이대로 충분할까. 운율을 사고하는 상상력이 더욱 확장되어야 하는 것은 아닐까.

음악비평가 신예슬은 "좋은 음악을 만들기 위해 연주자들이 반드시 숙련해야 하는 것들은 악보에 적혀 있지 않은 것을 표현하는 방법인지도 모른다. 기호로 가득 찬 악보는 충실히 지시를 따르기만 하면 근사한 음악을 내어주겠다고 약속하는 듯하지만 연주자들은 기호 사이의 행간과 맥락을 읽어야 한다."*라고 썼다.

글을 읽으며 한 뼘 생각을 넓혀본다. 아이들과 시 창작 수업을 할 때나, 시 낭독을 할 때도 그 안에 음악성이 있다면 그건 어떤 반복의 차원에만 있는 것이 아닐 테다. 우리가 인지하고 있는 것보다 더 폭넓은 차원에서 감각될 수 있는, 시인뿐만이 아니라 낭독자도 묵독자도 각자의 차원에서 만들어

* 신예슬, 《음악의 사물들》, 작업실유령, 2019

낼 수 있는 것 아닐까.

유령처럼 도서관 서가를 휘적휘적 걸어 다니던 대학 시절, 정지용 시인의 작품들을 천천히 읽던 날이었다. 특히 〈바다1〉은 아주 인상적이었다. "오·오·오·오·오"는 바다의 소리 같고, 물결의 모양 같았다. "철썩, 처얼썩"은 바다의 소리 같고, 제비의 날갯짓 같았다. 눈으로 읽는데도 그림이 그려지고 소리가 들려오는 신기한 체험을 했다. 그건 단순히 글자의 반복과 의성어의 쓰임 차원을 넘어선 것이었다. 이미지와 정서까지도 맞물려 만들어내는 리듬이었다. 운율에 대해 조금 더 잘 설명하고 싶다. 앞으로의 숙제다.

사진으로부터 시로

중학교 근무 시절 학교 축제를 앞두고 '시화 그리기 대회'를 열었다. 학생들은 창작한 시를 A4 크기의 종이에 썼고, 그와 어울리는 그림을 그려 제출했다. 일과시간에 포함되는 창의적 체험활동 시간에 이루어져서 많은 학생이 참여했다. 시를 쓰고, 한 번 고쳐 쓰고, 다시 반듯하게 옮겨 적은 후, 완성하기까지 4차시가 걸렸다.

수업에서 나온 학생들의 창작물은 심사의 대상이 되었다. 이때 선생님들과 협의를 통해 심사 기준으로 정한 것은 '시 창작의 완성도'였다. 그림과 시 가운데 '시'를 중심으로 한 활동이라고 보았기 때문이다. 창작한 시는 참신하고 아름다운데 글씨가 비뚤고 그림이 엉망인 경우가 있었다. 반대로 시는 진부한데 꾸밈새가 눈길을 끄는 경우도 있었다. 시를 중심에 두기로는 했으나 심사하는 입장에서는 예쁘고 정성스럽게 그린 그림이 자꾸 어른거렸다. 이미 수업을 진행하는 과정에서부터 예고된 결과였다. 시는 곧잘 쓰면서 그림을 그리는 것에서 어려움을 토로하는 아이, 그림에 대한 부담은 적지만 시 창작에 대한 막연함을 호소하는 아이, 둘 다 어려워하는 아이… 그 사이에서 뾰족한 답을 찾지 못하고 있었던 것이다.

대회는 어찌어찌 일단락되었다. 수상작을 비롯한 우수작품을 학교 축제 기간에 전시하기로 했다. 수상작에는 최우수, 우수, 장려 등의 이름을 표시한 작은 메달을 달아 강조하고 코팅지로 마감했다. 그리고 교문에서 학교 건물까지 드리운 나무에 줄을 걸어 아이들이 쓴 시를 걸었다. 가을볕을 받은 아이들의 시가 상쾌하게 마른 빨래처럼 펄럭거렸다. 그 앞을 그저 스쳐가는 아이들도 있었지만 쉬는 시간이나 점심시간에 작품 앞에 서서 가만히 들여다보는 아이들과 선생님들이 보였다. 흐뭇한 일이었다. 그러나 평가와 심사의 기준이 불명확했던 그때의 수업을 떠올리면 가슴 한켠이 답답해진다.

그로부터 시간이 흐른 어느 날, 아이디어를 얻었다. '시화 그리기 수업의 순서를 바꾸어보는 것은 어떨까?' 시를 쓰고 이미지를 덧입히는 것이 아니라, 이미지에서 출발해 시 창작으로 옮겨가는 것도 가능하리라는 생각이 들었다. 우연한 자리에서 알게 된 동화 작가 송미경 선생님*으로부터 다양한 글쓰기 수업 방법을 들었다. 선생님은 관찰한 이미지를 바탕으로 글 쓰는 활동을 소개해주셨다. 오가는 길에 마주하는 대상을 하나 정하고 꾸준히 사진을 찍으며 관찰한 다음, 사진들을 바탕으로 글을 쓰는 것이다. 이 활동은 충분한 시간 동안 관찰하는 것이 핵심이다.

먼저 학생들에게 등하굣길에 만나는 대상이라면 무엇이든, 하나를 골라 사진을 찍어 모으도록 한다. 나무를, 하늘을, 버스 정류장을 천천히 바라보면서 생각해보도록 하는 것이다. 그렇게 일주일 동안 다섯 장의 사진을 찍어서 오픈채팅방이나 밴드에 올린다. 그리고 선정한 대상에 대해 깊이 생각하면서 글감을 마련한다. 단순히 대상에 대한 관찰만으로 시를 쓰는 것이 아니라 자신의 삶과 관련되면 좋다고 안내한다. 그런 다음, 마련한 글감을 바탕으로 한 편의 시를 완성한다. 학생들은 그동안 제출한 사진 가운데 가장 마음에 드는 사진 한 장과 창작한 시를 문서에 편집해 제출한다.** 학생들이 제출

---

* 동화작가. 대표작으로 《돌 씹어 먹는 아이》《가정 통신문 소동》 등이 있다.

** 컴퓨터와 스마트폰에서 활용할 수 있는 프로그램 미리캔버스를 활용하면 이미지와 시를 하나의 프레임 안에 예쁘게 담을 수 있다. 무료로 사용할

한 작품은 온라인 갤러리에서 공유한다.

이렇게 하면 이미지와 시를 하나의 작품으로 만드는 활동이 가능하면서도 이미지보다는 시 창작에 중점을 둘 수 있다. 잘 보고 그 안에서 새로운 의미를 발견하도록 하는 것은 학생들이 자신만의 '푼크툼'과 만나는 일이다. 롤랑 바르트는 사진을 감상하는 주관적 의식을 '푼크툼punctum'이라는 개념으로 제시했다. 대상을 바라보는 사람의 사적인 경험을 바탕으로 사진이 해석된다는 것이다.

사진을 보고 해석하는 행위는 바라보는 사람의 개인 경험과 맞물려, 때로는 찌르고, 상처 입히고, 감동을 주기도 한다. 대상을 관찰하고 영감을 얻는 것은 자신을 찌르는 '한순간'을 잡는 것이다.

수 있는 프레임이 충분하고 조작 방법이 쉽다. 최근 명함, 카드 뉴스 만들기 등의 활동에 활용하는 교사들이 늘고 있다.

새 학기에는 아이들과 긴 호흡의 시 창작 수업을 해보자고 마음먹었다. 함께 읽을 시를 고르고 수업 주제를 그려보면서 마음이 들뜬 것도 잠시, 급작스러운 코로나19의 확산세로 개학이 연기되었다. 4월 중순이 되어서야 학교는 온라인 개학을 했고, 수업의 모든 과정은 온라인으로 진행되었다. 처음에는 막막하기만 했는데, 이게 웬걸? 시 창작 수업은 구글 문서와 오픈 채팅에 기대어 의외의 순항을 했다.

온라인 시 창작 수업

시 창작 수업의 수강생이 되어

돌아보니 2년 동안 세 명의 시인으로부터 창작 수업을 들었다. 한동안 홍대 인근의 출판사와 문화센터의 신규 강좌 안내가 뜰 때마다 관심을 갖고 지켜보고 있다가 어떤 분이 가르치는지, 커리큘럼은 무엇인지, 내 스케줄과 충돌하지는 않는지 확인하고 수강 신청을 했다.

그동안은 시를 읽는 것에만 집중했으나 슬슬 쓰기에도 궁금증이 일었다. 쓴 사람이 시라고 정의하면 모두 시가 되는 걸까, 좋은 시는 왜 좋은 걸까, 시를 잘 쓰려면 어떻게 해야 할까 궁금한 것이 많았다.

수업은 보통 일주일에 한 번이었는데 나는 퇴근 후 안산에서 합정까지 차로 이동했다. 퇴근길 정체 때문에 두 시간이 넘게 걸려서 운전 도중 집으로 되돌아가고 싶은 날도 더러 있었다. 하지만 늘 배움에 대한 기대와 설렘이 더 컸다.

처음 만난 G선생님의 수업은 매시간 세 사람의 시를 합평하는 방식으로 진행되었다. 수업 3일 전까지 취합된 시를 선생님이 수강생들의 메일로 발송해주면 미리 읽고 오는 것이 과제였다. 정해진 순서에 따라 그날 시를 써온 사람이 자기 작품을 소리 내어 읽으면 다른 이들이 의견을 냈다. 서로의 작품에 대해 말하는 방식은 두 가지였다. 좋았던 부분 읽기, 이해가 가지 않는 부분 짚어내기.

나는 일본의 사진작가 호시노 미치오가 알래스카에서 지내며 쓴 에세이를 읽다가 감명을 받아 '눈'을 소재로 시를 썼다. 작은 오두막에서 눈밭을 내다보며 털실을 풀고 다시 뭉치는 아이가 등장하는 시였다. 합평에서 시가 모호하다는 이야기를 듣고 속이 상했다. 시어의 사용이나 시상의 흐름이 이해되지 않는다는 평도 있었다.

집에 돌아와 서운한 마음을 가라앉히고 다시 읽어보니 학우들의 의견을 인정할 수밖에 없었다. 뚜렷하게 전달하려고 하는 바가 없고 그저 아름다운 장면을 그리고 싶었던 것 같은데, 알맹이가 없었다. 장면을 상상해서 쓰기보다는 경험과 감정에 비추어 쓰는 훈련이 먼저 필요하려나 싶어 과거의 부끄

럽거나 슬펐던 일을 생각해내려 애썼지만 그것도 쉽지는 않았다.

김중혁 작가의 책《무엇이든 쓰게 된다》에서 이런 글을 읽은 적 있다. "나만의 글 쓰는 방식을 개발했고, 얼마 전까지도 이 방식으로 글을 썼다. 우선 A4 용지에 제목을 적어서 가지고 다닌다. 첫 번째 문장이 생각날 때까지 계속 들고 다닌다. 생각날 때마다 틈틈이 종이에다 글을 쓴다." 그의 말처럼 나는 단어 조각들을 끄적여보고 읽고, 읽고, 또 읽었다. 써둔 시를 다시 읽으면서 사람들이 이해할 수 있도록 다듬었다. 시를 쓰는 건 돌아보는 일이었다. 쓴 글을, 지나간 기억과 감정들을, 자꾸 자꾸 되감으며 지내는 일이었다. 그러는 사이 몇 편의 시가 모였다.

매주 정산되는 스마트폰 '스크린 타임' 기록에 뜨끔하게 된다. '내가 스마트폰을 이렇게 오래 들여다보고 있구나.' 하고 놀란다. 그런데 넷플릭스도 유튜브도 아닌 시 쓰기에 집중하게 되다니. 나보다 나를 더 잘 안다는 추천 영상에 수동적으로 끌려가는 것이 아니라 내 속의 말들을 꺼내어 다듬는 능동적인 인간이 되다니. 휴대폰의 메모앱을 붙들고 있는 시간이 길어졌고 이런 변화가 마음에 들었다.

한 텀의 수업이 끝난 뒤 다른 일들에 밀려 시 쓰기는 다시 뒷전이 되었다. 그러나 시 수업에 대한 향수는 남아 있어서 결국 다른 수업을 또 신청하게 되었다. 여러 사람을 거쳐 배우는 것이 시를 쓰는 데 도움이 되는 걸까? 잠시 의문이 들었지만 그간 S선생님 수업의 명성을 들어온 데다 시를 좀 더 써보고 싶었는데 혼자서는 동기가 잘 생기지 않아 내린 결정이었다. S선생님은 듣던 대로 장시간 동안 열정적인 합평을 진행했다. 철학적 접근에 따라 이론 강의를 진행하고 수강생들의 시를 살피는 방식이었는데, 이 수업에서는 매일 모든 사람의 시를 합평했으므로 오후에 시작된 수업이 대중교통이 끊어지는 시간이 되도록 이어졌다. 두 번쯤은 집까지 택시를 타고 가야만 했던 적도 있다.

수강생들은 이미 오랜 시간 시를 써온 이들이 많았다. 그들은 자기 색깔이 뚜렷했다. 부조리 시를 쓰는 사람, 컴퓨터 언어를 인용하는 사람, 종교적 아이러니를 활용하는 사람…. 선생님의 강의를 듣는 것도 무척 흥미로웠으나 다른 이들의 시를 읽는 것이 놀라웠고 즐거웠다.

마지막으로 들은 건 시와 소설을 모두 쓰는 I선생님의 수업이었다. 친구와 함께 수업을 신청했고, 나를 아는 독자(친구)와 함께한다는 생각에 더 잘 쓰고 싶은 마음이 들었다. 그동안 받은 자극에 힘입어 구체적이고 독특하게 쓰고 싶은 욕심도 생겼다. 그러나 실력이 욕심을 따라가지 못해 자꾸 지쳤다. 쓰는 족족 마음에 들지 않고, 점점 시 쓰기에 대한 열정은 시들해졌다. 메모장도 전처럼 자주 열어보지 않게 되었다. 그러던 사이 코로나19가 확산되었고 중반부터는 수업이 계속 연기되다가 가까스로 종강되었다.

•

이제 더는 창작 수업을 찾아다니지 않고 있다. 코로나 때문에 강좌를 찾아가는 것이 부담스럽기 때문이었는데, 여전히 시 쓰기에 대한 욕구는 타다 만 장작의 어린 불씨처럼 타닥거린다. 때때로 힘 빼고 쓰자고, 내 목소리를 내자고 마음을 다독인 다음 시를 몇 자 적어보는 날도 있다.

이런저런 시 수업을 유랑하면서 배운 것이 있다면 자신의 목소리를 내야 한다는 것이다. 좋은 작품을 많이 접해 안목을 기르면서도 욕심을 내기보다는 자신의 언어를 잃어버리지 않을 때 좋은 시를 쓸 수 있다. 그래서 아이들에게 시 쓰기를 가르칠 때 두 가지는 잊지 않으려고 한다. 첫째, 좋은 시를 많이 보여줄 것. 둘째, 각자의 줄기와 잎을 자유롭게 틔워내도록 모든 아이들의 시에서 좋은 점을 찾아 칭찬을 듬뿍 줄 것.

《누가 시를 읽는가》는 시를 사랑하는 다양한 직업의 사람들의 이야기를 모은 책이다. 운동선수, 배우, 군인, 생태학자

등 하는 일은 다르지만 그들은 모두 시를 사랑한다. 흥미로운 이야기들이 많았는데 그중에서 잡지 〈뉴요커〉의 기자인 지아 톨렌티노의 글이 특히 인상적이었다. "시를 가르치는 일에서 나는 아무 권한도, 아무 중요한 의견도, 내가 옳다는 느낌도 전혀 없이 스스로를 학생의 위치에 놓을 수 있을 뿐이다. 그리고 결국에, 그것이 나를 자유롭게 만들어 주었다. (…) 시는 시를 뺀 모든 것을 쓰는 방법을 가르쳐주었다. 시는 내가 기본적으로 아무것도 모른다는 사실을, 그리고 그걸 아는 것이 시작이며 끝은 없다는 사실을 가르쳐준다."* 라는 글이었다.

시를 가까이할수록 '모르겠다'는 마음이 더욱 커진다. 그런데 그 '모른다'는 자각이 용기가 되었다. 비스와바 쉼보르스카는 노벨문학상 수상 연설에서 이렇게 말했다. "영감, 그게 무엇이든 끊임없이 '나는 모르겠어'라고 말하는 가운데 생겨난다는 사실만큼은 분명합니다."** 라고.

나는 잘 모르기 때문에 더욱 알고 싶다. 시 쓰기의 영감이 어디서 오는지 설명하지 못하더라도, 시 쓰기의 비기를 가르

---

* 프레드 사사키·돈 셰어 엮음, 신해경 옮김, 《누가 시를 읽는가》, 봄날의책, 2019, 24~25쪽

** 오르한 파묵 외, 《아버지의 여행 가방-노벨 문학상 수상 연설집》, 문학동네, 2009, 192쪽

치지 못하더라도, 매의 눈으로 시에 대한 정확한 피드백을 해 주지 못하더라도 아이들의 시를 읽고 함께 배워나가기로 마음을 먹는다. 호기심과 용기를 양손에 쥐었다.

온라인 수업 플랫폼 찾기

고등학교 진로 선택과목인 '현대문학감상'은 일주일에 2차시 수업으로 두 개 반이 개설되었다. 이 수업은 성취도에 따라 절대평가로 A, B, C 점수를 부여하기 때문에 내신 석차와 등급 변별에 대한 부담이 적다. 아이들과 자유롭게 소설 대화도 나누고, 시 창작 수업도 해보고 싶어 수행평가 비중을 높였다. 수행평가 100퍼센트로 계획서를 작성해 평가계에 제출하고, 세부 활동을 구상하기 시작했다. 그러나 기대는 곧 걱정으로 바뀌었다. 코로나19의 확산으로 개학이 연기되다가 결국 온라인 개학이라는 사상 초유의 사태를 맞은 것이다. 눈앞이 깜깜했다.

오캠, 아이캔노트, 스크린캐시티파이… 짧은 시간 동안 강의 영상을 제작할 수 있는 여러 프로그램을 기웃거렸다. 지향성 마이크와 태블릿 펜슬도 구입했다. 초기의 열정은 사그라든 채 정작 콘텐츠는 제작하지 않고 장비만 만지작거리면서 시간을 보내다 개학을 며칠 앞두고서야 문제에 직면했다.

강의식 수업을 효과적으로 전달하기 위한 영상 제작에 매달릴 일이 아니었다. 아이들이 문학을 감상하고 창작한 결과를 자유롭게 공유할 수 있는 방법을 찾아야 했다. 수업 구성을 고민하다가 1차시는 영상으로 활동 안내를, 2차시는 실시간 모둠활동을 하기로 크게 얼개를 짰다.

먼저 1차시 수업의 대본을 작성했다. 대본의 흐름에 맞게 키노트 앱으로 자료를 만들고 화면 녹화 기능으로 15분 이내의 영상을 제작했다. 가령 비유에 중점을 둔 수업이면 비유의 개념을 설명한 뒤 비유가 잘 드러난 작품을 두어 편 소개하는 식이었다. 강의 내용과 연결해 개인 활동지는 구글 문서로 배부했다. 구글 문서는 공유자들이 공동 편집할 수 있으니 학생과 교사가 함께 볼 수 있고, 교사가 피드백을 개별적으로 할 수 있다. 수업이 진행됨에 따라 매시간 활동이 누적되는 포트폴리오가 되기도 한다.

2차시에는 줌ZOOM으로 실시간 수업을 진행했다. 아이들은 정해진 시간에 입장했고, 구글 문서를 열어서 1차시에 각자 수행한 결과물을 펼쳐두었다. 줌은 출석 확인과 전체 안내 멘트를 송출하는 도구로 쓰였다. 맨 처음 간단한 인사를 나눈 후에는 카카오톡의 오픈채팅방으로 흩어져 모둠활동을 이어갔다. 오픈채팅은 일반적인 채팅과 유사한 방식으로 대화가 가능하면서도 상대가 친구로 등록되어 있지 않아도 링크만 있으면 참여할 수 있다. 나는 줌을 통해 모둠 구성과 오픈채팅방의 링크를 제시한 후에 아이들의 활동을 지켜보았다.

대여섯 개의 모둠이 만들어지니 차례로 모니터 안에 정렬해 줄을 세우고서 종종 정체되어 있는 모둠에 가서 대화에 합류했다. 교사의 개입 없이도 흐름이 자연스러운 모둠도 있고, 대화가 끊어지는 모둠도 있어서 중간 개입이 필요했다. 나는 대화가 원활하지 않은 모둠의 채팅방에 입장해 질문을 던지거나 추가 의견을 제시했다. 50분 수업이 넘어가도록 대화가 이어지는 모둠이 많았는데, 정해진 수업 시간이 끝나기 5분 전에는 다시 줌으로 넘어와 학번과 이름을 채팅창에 기록해 출석을 체크하고 수업을 마무리했다. 이후에도 활동이 이어지는 모둠은 채팅방에서 이야기를 더 나누도록 했다.*

---

* 오픈채팅을 활용한 모둠 수업은 천천고 김영희 선생님의 블로그(가늘고 길게 가는 블로그 https://blog.naver.com/hehe26)에서 아이디어를 얻었다.

채팅을 활용한 모둠 수업은 특히 시 창작 수업에서 빛을 발했다. 모둠에서 한 사람씩 채팅방에 시를 올리면 친구들이 시에 대한 의견을 올리는 활동이었는데 교실에서 합평을 진행할 때보다 훨씬 더 활발한 대화가 이루어졌다. 자신의 글을 다른 이에게 보여주고 그에 대해 이야기하기란 쑥스럽고 어렵다. 그런데 온라인 환경에서는 아이들이 훨씬 덜 부끄러워했고, 의견을 내는 데도 적극적이었다. 코로나19로 인한 원격 수업이 종료되더라도 글쓰기와 합평 수업에서는 온라인 플랫폼을 계속 활용해야겠다는 생각이 들었다.

좋아하는 것들로 나를 소개합니다

첫 수업에서는 자기소개를 하는 경우가 많다. 내 수업에서도 예외는 없었는데, 한번은 "첫 시간이니 자기소개 해볼까?" 하고 운을 뗐다가 아이들로부터 "쌤~ 그럼 자기소개만 오늘 네 번째예요." 하는 아우성을 되돌려 받은 적이 있다. 서로를 알아가는 첫 활동으로 좋은 아이디어가 없을까 고민하던 내게 쉼보르스카의 시를 리라이팅하여 자신을 소개하는 수업 방식은 무척 반가운 아이디어였다.* 단편적인 정보만 나열하는 식상한 자기소개가 아닌 새로운 방법이면서도 어렵지 않은

* 이 수업은 진은영, 김경희의 《문학, 내 마음의 무늬 읽기》(엑스북스, 2019)에 소개되었다. 수유너머에서 열린 워크숍에 참여한 하고운 선생님이 이 활동을 소개해주었다.

활동이어서 누구나 쓸 수 있기 때문이다. 내가 좋아하는 것들만큼 지금의 나를 소개하기 제격인 것도 없고 말이다.

리라이팅이란 말 그대로 '다시 쓰기'라는 뜻이다. 시 교육에서 자주 사용하는 용어인 '모방시 쓰기'와 유사한 활동인데 용어를 달리하니 새로운 느낌이 든다. 익숙한 것에 새로운 이름을 붙이면 활동을 다시 보게 되는 효과가 있다. '독후감'이 책을 읽게 된 동기, 줄거리, 느낀 점 순으로 정형화되던 것에 문제의식을 느낀 선생님들이 '서평'이라는 이름을 붙이면서 책을 읽고 글을 쓰는 단계가 새롭게 모색된 것처럼. 이름 붙이기는 힘이 세다.

나는 본래 교과서에서 시의 일부를 변형하는 활동을 '모방시' 혹은 '패러디시'라고 이름 붙이는 것이 과연 적합한 것인가 의구심을 가지고 있었다. 패러디는 상호텍스트성에 근거해 원전이나 사회에 대한 비판 의식을 표현한다는 의미를 지닌다. 그런데 교과서 활동에서 모방시, 패러디시는 형식을 빌려 작품을 재구성한다는 좁은 의미로 쓰였다. 형식이 주어진다고 해서 학생들이 쉽게 내용을 생성할 수 있는 것도 아니다. 오히려 학생들의 사고를 제한하거나 반대로 부담을 줄 수 있다.

리라이팅은 다른 작품을 보고 비슷하게 쓴다기보다는 내

이야기로 '다시' 쓴다는 데 초점을 둔다. 그래서 좀 더 주체적인 느낌을 준다. '내 이야기'라는 점도 중요하다. 창작 경험이 적은 아이들이 어렵지 않게 글을 쓰려면 자신에 대한 이야기여야 한다. 그런 면에서 비스와바 쉼보르스카의 〈선택의 가능성〉은 시 창작 수업 첫 번째 제재로 제격이었다.

먼저 아이들과 〈선택의 가능성〉을 함께 읽었다. 이 시는 '좋아하는 것'과 '더 좋아하는 것'으로 이루어져 있다. 어떤 부분이 마음에 와닿았는지 이야기를 나누어보니 다양한 이야기가 나왔다. 나조차도 읽을 때마다 꼽는 부분이 달라지는 재미있는 활동이다. 누군가의 좋아하는 것들을 바라보고 있으니 나의 좋음도 뭉게뭉게 일어났다. 아이들에게 써보도록 하기 전에 내가 쓴 시를 먼저 들려주었다. 나의 좋음들을 떠올려서 썼다.

선택의 가능성

- 최지혜

심부름을 좋아한다.

지금은 무목적의 산책을 더 좋아한다.

걸을 때 마음에 둔 일을 생각하는 것보다

새로운 것을 발견하는 일을 더 좋아한다.

발견한 것을 기록하는 일을 좋아한다.

목걸이보다 목도리를 더 좋아한다.

흰색을 조금 섞은 초록색을 좋아한다.

비가 내리는 모습도 빗소리도 좋아한다.

반신욕을 하면서 물 묻는 걸 조심하고, 책 읽는 것을 좋아한다.

목욕 후에 마시는 시원한 맥주를 좋아한다.

뒷모습 사진을 찍어달라고 말하는 사람을 좋아한다.

결국에는 좋다고 생각하는 것을 좋아한다.

좋다는 말을 다양하게 할 줄 아는 사람이 되기를 좋아한다.

이제는 실망하는 것도 나쁘지만은 않다고 여기게 된 나를 좋아한다.

나는 어떤 사람인가? 이것은 어려운 질문이다. 그렇다고 내가 어디서 자라서 어떤 환경을 지나왔고, 하는 식의 일대기가 나를 설명한다고 보기도 어려운 일이다. 그런데 내가 좋아하는 것들이라면, 지금 나의 윤곽을 그려볼 수도 있지 않을까. 그렇게 나도 아이들의 좋음에 귀 기울였다.

선택의 가능성

– 서지희

해가 떠오르는 아침을 좋아한다.

그런 아침을 밝혀주는 새벽을 더 좋아한다.

나를 경계하는 고양이를 좋아한다.

나를 향해 꼬리치는 강아지도 좋아한다.

조용하고 아무도 없는 내 방을 좋아한다.

시끄럽고 사람이 붐비는 장소도 좋아한다.

겨울을 좋아한다.

창밖으로 보이는 새하얀 풍경을 좋아한다.

길거리의 호빵과 계란빵을 더 좋아한다.

실력은 없지만 요리하는 것을 좋아한다.

망한 음식을 맛보는 것도 좋아한다.

예쁜 전시회에 가는 것을 좋아한다.

그곳에서 사진 찍는 것을 더 좋아한다.

아무 의미 없는 대화를 좋아한다.

의미 없는 대화를 나눌 수 있는 누군가를 더 좋아한다.

선택의 가능성

- 박채민

하굣길의 적막을 좋아한다.

그 길의 여유로움을 더 좋아한다.

자기 전 오늘 하루를 돌아보는 것을 좋아한다.

지금은 새벽 감성에 젖는 것을 더 좋아한다.

로맨스 소설보다 인생에 관한 소설을 더 좋아한다.

놀이공원보다 박물관을 좋아한다.

전화하는 것보다 문자하는 것을 더 좋아한다.

마음을 들키지 않는 것을 좋아한다.

지금은 마음을 털어놓는 것을 더 좋아한다.

나를 멋대로 판단하는 사람보다

있는 그대로를 좋아해주는 사람을 좋아한다.

나 자신을 깎아내리는 것보다 스스로 칭찬해주기를 좋아한다.

혼자 있는 것보다 함께 있는 것을 좋아한다.

변화하는 내 모습을 좋아한다.

그래,
힘 빼고 써보자

줌 화면으로 아이들을 만나는 것이 조금씩 익숙해지고 있다. 먼저 입장한 아이들에게는 음악을 들려주고 제목 맞히기 게임을 하거나 근황을 주고받았다. 그러나 수업이 시작되고 "드디어 수업에서 시를 쓴다!"고 했을 때는 아무도 들뜬 표정을 짓지 않았다. 국어 시간을 좋아하는 학생들마저도 시 쓰기를 부담스러워했다. 아이들을 수업에 참여시키기 위해서는 우선 창작에 대한 부담을 누그러뜨려야 했다.

"시를 잘 쓰려면 어떤 태도를 가져야 할까?"라는 질문에 아이들끼리 의견을 모으도록 하면 어떨까. 이 질문에 답하다 보면 오히려 힘을 빼야 한다는 사실을 아이들 스스로 발견하리라 믿었다. 그래서 아이들에게 '좋은 시를 쓰기 위한 태도'에 대해 각자 두 가지씩 생각한 후 채팅방에 올리도록 했다. 그런 다음 모둠장이 의견을 모아 모두가 볼 수 있는 공유 문서에 올렸다. 공유문서에 모인 답변을 모두 모으고, 유사한 답변을 합하고 다듬었다. 그렇게 우리가 만든 '좋은 시를 쓰기 위한 태도' 목록이 완성되었다. 아이들의 생각은 스쳐 지나갈 것 없이 하나하나 귀했다.

- 평범한 것도 그냥 지나치지 않고 유심히 관찰하기
- 자신의 감정을 잘 알아차리기
- 감정을 단순하게 표현하지 않기
  (단순히 '예쁘다' '짜증나'가 아닌 섬세한 표현 찾기)
- 솔직하게 표현하기
- 꾸며 쓰려고 하지 않기
- 너무 많은 것을 담아내려고 하지 않기
- 잘 써야 한다는 부담을 갖지 않기
- 막막할 때는 다른 시를 한번 읽어보기
  (시를 많이 읽으면 좋은 시를 쓰게 될 가능성이 높아진다)

아이들에게 이 목록에서 가장 중요하다고 생각하는 것을 한 가지 고르고, 그 이유를 써보도록 했다. 가장 많은 표를 받은 항목은 '자신의 감정을 잘 알아차리기', 두 번째는 '너무 잘 써야 한다는 부담을 갖지 않기'. 나의 시 선생님인 아이들은 솔직하게 자신의 감정을 담아야 한다고 느끼는 모양이다.

그렇다면 너무 부담을 갖지 않고 내 마음을 쓰되, 어떻게 써야 좋은 시가 될까? 어떤 시가 좋은지 깨달으려면 우선 시를 충분히 읽고 느끼는 경험이 필요하다. 그동안 수업을 위해 모은 시선집을 학교 예산으로 제작해두었다. 아이들은 각자 시간이 날 때 학교에 와서 (코로나 감염 방지를 위해) 워크스루 방식으로 시선집을 받아갔다. 실린 순서대로 한 차시에 열두 편에서 열세 편의 시를 읽기로 했다. 시를 묵독한 후 인상적인 시를 세 편 고르고는, 그에 대한 세 줄 감상을 각자의 문서에 작성하고 모둠 친구들과 이야기를 나누도록 했다. 같은 활동을 3회 반복했다. 아이들이 어떤 시를 읽고 감동을 느끼는지 조금씩 알게 되었을 즈음 '좋은 시의 요건'에 대해 생각해보라고 했다. '태도'에 대한 모둠 대화를 나눌 때처럼 각자 두 가지를 생각한 후에 모둠에서 중요하다고 생각하는 것을 다섯 가지 뽑고, 순서를 정하도록 했다.

각자의 문서에는 '우리 모둠이 생각하는 좋은 시란?'이라는 제목 아래 모둠 활동 결과를 옮기도록 했다. 친구들과 고민해서 목록을 만드는 과정에서 배우는 바가 있었을 것이다.

옆에는 내가 제시한 '시 쓰기 도움말'을 쓰도록 했다. 아이들이 작성한 목록에서 부족한 부분을 보완할 수 있도록 교사의 도움이 필요하다고 생각해서다.

우리 모둠이 생각하는 좋은 시란?	시 쓰기 도움말
① ② ③ ④ ⑤	· 평상시 사용하는 입말을 활용해 쓴다. · 생활의 한 장면이 생생하게 그려지도록 쓴다. · 추상적이고 관념적인 정서를 구체적인 이미지로 표현한다. · 흔하지도, 멋 부리지도 않은 나만의 표현을 한다. · 행과 연의 구분을 적절하게 한다. · 시적 화자의 어조가 대상에 대한 태도를 잘 드러내도록 한다. · 제목을 참신하고 개성 있게 붙인다.

이제, 함께 고민하며 시 쓰기를 위한 준비 운동을 마쳤다.

구체적으로 쓰기

'나만의 봄(春) 시 쓰기' 수업을 했다. 시 쓰는 태도를 함께 만들어본 다음이라 파닥파닥 생생한 시가 나오겠거니 했지만 기대한 결과는 나오지 않았다. 아이들이 쓴 시는 대체로 추상적이었다. 구체적인 시어를 몇 개만 넣어도 읽는 사람에게 훨씬 생생한 느낌을 줄 수 있는데…. 지속적으로 시 쓰기 수업을 해나가기 위해서는 아이들을 관념적 표현의 늪에서 빠져나오게 하는 일이 급선무였다.

구체적 표현의 힘을 살피기 위해 〈루나파크〉라는 웹툰으로 알려진 만화가이자 시인인 홍인혜의 〈겹〉을 함께 읽었다. 시 속의 '나'가 느끼는 감정은 평소에는 내면의 여린 아이를 감추고 살아가지만 자꾸만 비어져 나오는 상처의 흔적들 앞에서 쓸쓸해지는 내 마음 같아서 무척 공감이 되었다. 그 겹겹의 마음을 살아 있게 하는 구체적인 시어에 동그라미 표시를 해보기로 했다. 아이들은 '미키마우스, 멜빵바지, 매끈한 가죽 가방, 품속에서 나온 고지서, 빨간 팽이, 시든 양파' 같은 말에 동그라미를 표시했다.

> 나는 말랑한 몸으로 태어나 작은 팔을 배냇저고리에 밀어 넣었다 1년 후엔 그 위에 무지개 한복을 입고 미키마우스 티셔츠를 겹쳐 입고 멜빵바지까지 챙겨 입었다 몇 해가 지나 교복을 덧입고 해마다 더 큰 교복을 껴입었다 우비도 입고 코트도 입었다 마침내 큼직한 졸업 가운까지 걸친 나는 모든 옷가지를 쥐색 재킷 아래 밀어 넣고 매끈한 가죽 가방을 들었다 버둥대던 짧은 팔다리는 옷의 무게에 눌려 점잖아졌다 여전히 애들처럼 지껄였지만 옷들을 뚫고 새 나오는 목소리는 짐짓 어른스러웠다 낮에는 한결같은 자세로 일했다 어쩌다 몸을 비틀면 어딘가 터지는 소리가 나 어깨가 움츠러들었다 밤이면 둔중한 몸으로 침대에 누웠다 힘겹게 돌아눕다 보면 침대가 삐걱거렸고 품에서 고지서 몇 장이 구겨졌다 숫자에 쫓기다 보면 잠이 달아났다 오래전 호주머니에 넣어 둔 빨간 팽이가 떠올라 팔을 뻗어 봤지만 닿지 않았다 주말엔 애인과 강변

을 걸었다 손을 잡고 싶어도 소매만 겨우 스쳤다 서로의 속이 궁금했지만 아무리 헤집어도 겹겹의 바깥이었다 우리는 시든 양파 같은 표정으로 헤어졌다 나는 술 취해 귀가하는 일이 잦았고 간신히 몸을 숙여 구두를 벗다 현관 앞에 나동그라지곤 했다 그럴 때마다 여러 겹 아래 숨죽이고 있던 작은 아이가 미끄러지듯 빠져나와 엉엉 울었다 타일 바닥 위에서 몸을 떨며

— 홍인혜, 〈겹〉 전문
(《릿터》 23호, 민음사)

구체어나 고유명사가 개성적인 표현을 하는 데 도움이 되는 건 가요에서도 마찬가지. 버스커버스커의 〈꽃송이가〉에 나오는 '단대호수'나 이소라의 〈시시콜콜한 이야기〉에 나오는 '윤오' 같은 고유명사는 노랫말을 더욱 살아 있게 한다. 아이들에게도 가요에서 구체적인 표현을 찾아보도록 하니 다양한 예가 등장했다. 랩은 더할 나위 없이 구체적인 표현들로 가득했다. 노랫말을 통해 구체적인 표현을 상기하도록 한 후 고쳐 쓰기를 시작했다. 시에 쓴 설렘이나 그리움의 감정을 구체적으로 드러낼 수 있는 말로 고쳐 쓰게 하고, 마무리도 다시 해보자고 제안했다. 아울러 시의 마지막에서 의미심장한

말을 남기려고 하는 표현도 돌아보자고 했다. 자질구레하고 소소한 맺음도 좋으니 자연스러운 매듭을 지어보자고. 담담하게 맺어도 되는데 끝에서 교훈이나 다짐, 주제를 밝히려고 하다 보니 시의 흐름이 갑자기 점프하는 경우가 많아서다.

과제 안내문에는 생생함이 느껴지는 학생시를 다섯 편 덧붙여 참고할 수 있도록 했다.* '아, 좋다.' 하고 느끼게 되는 시는 이렇게 생활의 감각이 묻어 있는 것들인데, 왜 우리는 자꾸 시 쓰기 앞에서 비장해질까. 물론 아이들의 작품 가운데 추상적인 시만 있었던 것은 아니다. 예슬이는 '발가락'에서 봄을 느꼈음을 재치 있게 표현했고, 채민이는 '냉이나물'과 '외할머니' '아토피' 같은 말들로 장면을 살아 있게 했다. 봄나물의 향긋하고 고소한 향기가 느껴졌다.

아침

-김예슬

아침에 일어났을 때

---

* 이동화 〈여러 겹〉, 조재철 〈할머니〉, 정연주 〈달리기〉, 손수지 〈떡볶이는 맛있다〉, 이다은 〈떠돌이 개〉 (배창환 엮음, 《내가 아직 어려서 미안해》, 작은숲, 2018.)

전기장판이 켜져 있지 않아도
발가락이 차갑지 않다

잠을 깨려고 환기를 하려
문을 열어도 잠이 하나도 깨지지 않는다
오히려 햇빛 때문에 잠이 더 오는 거 같다

친구들과 만나려고 옷장을 열면
나도 모르게 화사한 옷을 찾게 된다

봄이다

냉이나물

-박채민

어릴 적 외할머니께서
무쳐주신 냉이나물

그때는 먹기 싫다고 투정을 부리며

억지로 먹었지만

지금은 그 시절 향수를
느끼기 위해 먹는다

계속 씹다 보면
달달한 맛이 나는 냉이나물

왜 그때는 알지 못했을까
손녀 아토피에 좋은 것, 몸에 좋은 것
하나 더 먹이려고 하셨던

냉이나물에 담긴
외할머니의 정성을

적당한 거리에 기대어

비유는 시의 맛을 살려준다. 비유란 원래 표현하고자 하는 대상인 원관념을 보조관념에 빗대어 표현하는 것이다. 가령 '사과 같은 얼굴'이라고 했을 때 표현하려고 하는 것은 얼굴이니까 얼굴이 원관념이고, 발그레하고 동그란 이미지를 가지고 있는 사과는 빗대어 표현하기 위해 빌려온 보조관념이다. 이 둘을 연결하는 데는 '발그레하고 동그란'과 같은 유사성이 고리가 되어준다. 즉, 비유는 원관념과 보조관념이 갖는 유사성을 기반으로 한다. 효과적인 비유란 이 둘 사이의 거리가 너무 가깝지도(식상한 비유) 너무 멀지도(이해하기 어려운 비유) 않은 것이다. 원관념과 보조관념 사이의 적당한 거리가 비유의 핵심이다.

직유는 원관념과 보조관념을 '~같이' '~처럼' '~듯이' 같은 직유 표지어를 통해 직접적으로 연결한다. 앞서 말한 구절인 '사과 같은 얼굴'도 표지어 '같은'이 포함된 직유라고 할 수 있다. 윤동주의 시 〈달같이〉는 아름다운 직유를 품고 있다.

연륜이 자라듯이
달이 자라는 고요한 밤에
달같이 외로운 사랑이
가슴 하나 뻐근히
연륜처럼 피어 나간다

– 윤동주, 〈달같이〉 전문
(《하늘과 바람과 별과 시》, 1948)

'연륜이 있다'는 표현을 자주 쓰곤 하는데, 여기서 연륜이란 '여러 해 동안 쌓은 경험에 의하여 이루어진 숙련의 정도'를 의미하지만 한편으로는 '나이테'라는 뜻도 있다. 시를 읽으면, 해마다 늘어가는 나이테처럼 조금씩 자라는 달을 떠올리게 된다. 나이테가 자라는 것과 달이 자라는 것을 직유한 것에 이어 '달같이 외로운 사랑'이라는 표현도 직유다. 그런데 외로운 사랑을 왜 달에 빗대어 표현했을까? 쓸쓸해서? 그러면서도 아름답고 애틋해서? 은은해서? 원관념과 보조관념 사이에 번지는 의미의 장을 여러 겹으로 살펴본다. 외로운 사랑이 다시 연륜처럼 피어나감으로써 달과 사랑, 연륜이 연결되는 아름다움을 느낄 수 있다.

원관념과 보조관념 사이의 유사성을 더듬어보는 것은 비유 읽기의 묘미다. 유사성을 바탕으로 하되 차이성이 부각될수록 긴장감과 참신함을 획득할 수 있다. 그렇다고 해도 차이성이 너무 큰, 좀 생뚱맞은 두 대상을 빗대다 보면 그 긴장의 끈이 툭 끊어져서 읽는 사람의 공감을 얻기 어렵다.

사실 나는 오랫동안 직유가 멋진 표현이라 생각하지 못했다. 기형도 시인의 시를 천천히 읽기 전까지 그랬다. 기형도 시집을 펼쳐 〈위험한 가계〉를 제재로 선정했다. 이 시를 아이들과 함께 읽고, 1연과 2연에 쓰인 직유를 함께 찾아본 다음, 뒷부분은 아이들이 직접 찾아보도록 했다. 이 시에는 '유리병 속에서 알약이 쏟아지듯' '달걀 노른자처럼 노랗게 곪은 달' '죽은 맨드라미처럼 빨간 내복' 등의 맛깔나는 직유가 담겨 있다. 직유 표현을 찾은 후에는 그 의미와 표현의 효과를 생각해보도록 했다.

은유는 직유 표지어들을 사용하지 않고 비유하는 것이다.

가령 '너의 붉고 동그란 얼굴'을 사과에 비유하고 싶으면 이렇게 표현할 수 있다. '네 얼굴은 사과', 쉽게 말해서 'A=B다'로 설명한다. 아이들에게 은유의 개념을 간단하게 설명한 후 〈위험한 가게〉 2연을 다시 읽으면서 은유를 찾아보도록 했다. 아이들은 '나'를 '병아리'로 비유한 부분을 금방 발견했다.

이어서 작품 전반에 은유적 표현이 사용된 박소란의 시 〈깡통〉과 강성은의 〈채광〉을 읽고 원관념과 보조관념, 그리고 이를 통해 말하고자 하는 바가 무엇인지 한번 찾아보도록 했다. 각자 생각을 정리한 후에 오픈채팅방에서 의견을 교환하도록 했는데, 특히 강성은의 〈채광〉은 원관념에 대한 아이들의 해석이 다양하게 도출되어 흥미로웠다.

창문에 돌을 던졌는데
깨지지 않는다

생각날 때마다 던져도
깨지지 않는다

밤이면 더 아름다워지는 창문

환한 창문에 돌을 던져도
깨지지 않는다

어느 날엔 몸을 던졌는데
나만 피투성이가 되고
창문은 깨지지 않는다

투명한 창문
사람들이 모두 그 안에 있었다

— 강성은, 〈채광〉 전문
(《Lo-fi》, 문학과지성사, 2018)

아이들은 '창문'의 원관념을 '사람들이 정한 기준, 고정관념, 폐쇄적인 집단주의, 여성에게 가해지는 유리천장' 등으로 다양하게 해석했다. 모둠 내 대화를 통해 서로 다른 발견을 나누었다. 모둠 활동 후에는 한 편의 시를 쓰도록 과제를 제시했다. 직유든, 은유든 비유적 표현을 한 가지 이상 넣는 것을 조건으로 했다.

내 마음은

- 서지희

활활 타오르는 태양도
뭉글 움직이는 구름도
담고 싶은 게 정말 많은

슬프면 비도 내려보고
안개를 피워서 우울해져보고
가끔 기분 좋은 햇빛도 비추고
그리울 땐 달도 띄워보고
하고 싶은 얘기가 많은

해 뜨기 전 가장 어두운 새벽하늘도 좋고
후끈한 점심의 하늘도 좋고
별들을 동동 띄우고 있는 저녁 하늘도 좋고

그냥 나 같아서 좋은

잘 익은 망고

- 정진경

달콤한 망고는 좋아하는 게 많아
달달한 노래와
달달한 요리
달달한 그림을 좋아해

새콤한 망고는 하고 싶은 게 많아
새콤한 여행과
새콤한 마카롱 만들기
새콤하게 보드를 타보고 싶어해

씁쓸한 망고는 고민이 많아
씁쓸한 공부
씁쓸한 체력
씁쓸한 성적에 대해 고민이 많아

덜 익은 망고는 꿈이 있어
3개 국어를 하고 싶고

좋은 망고대학에 가고 싶어해

그리고….
잘 익은 망고가 되고 싶대

망고야,
지금은 덜 익었지만
시간이 지나면
너의 달콤 새콤 씁쓸함이
너를 잘 익은 망고로 만들어줄 거야!

가려진 모습을 보여주는 시

지난 1월 제주에서였다. 좋아하는 드라이브 코스가 있어서 푸른 숲을 기대하며 들뜬 마음으로 아침 일찍 나섰다. 추로스가 맛있다는 카페에서 커피와 추로스를 사서 손에 들고, 부푼 마음으로. 기대하던 도로에 들어섰는데, 어딘가 이상했다. 전에 보았던 그 풍경이 아니었다. 비자림과 사려니숲길이 앙상하게 변해 있었다. 겨울이라 그런 게 아니라 도로를 확장하려고 숲을 밀어버린 것이었다. 알 수 없는 표식과 시위의 흔적들만 스산하게 남아 있었다. 간식을 쥐고 있던 손가락에서 설탕의 끈적거림이 무척 불쾌하게 느껴지고 목에 뭔가 걸린 것처럼 불편했다. 눈을 시원하게 해주던 아름다운 숲이 이렇게 변할 줄이야.

관련 기사를 찾아보니, 비자림로 확장공사의 이유는 제2 공항 건설로 교통량 증가가 예상되기 때문이라고 했다. 경제적 이익을 위해 아름다운 자연이 희생되었다. 기사에는 공사 시행 날짜와 파손된 구간의 길이 같은 것이 나와 있었는데 긴 숫자의 나열에 머리가 띵했다. 그날의 광경은 오래도록 가슴에 남아 돌이 얹힌 것처럼 무거웠다.

> 제주특별자치도가 비자림로 확장공사를 20일부터 재개한다고 밝혔다. 이는 지난해 8월 공사 중지 이후 7개월 만이다. 공사가 중지된 후 제주도는 주민 의견을 수렴하는 한편, 식물·조경·경관·환경·교통 분야 전문가들과 시민단체 관계자가 참석한 전문가 그룹 자문을 받아 '아름다운 경관도로' 조성 계획을 밝힌 바 있다. 공사 구간은 총 2.94km이다. 1구간은 시점부에서 제2대천교까지 0.9km, 2구간은 제2대천교에서 세미교차로까지 1.35km, 3구간은 세미교차로에서 종점부까지 0.69km이다. 2018년 8월 2일부터 7일까지 비자림로 나무 약 900여 그루를 베어냈다.*

* 〈오마이뉴스〉, '제주 비자림로 지키기 위해 '삼나무집' 들어섰다', 2019. 03. 20

그즈음 우연히 한 권의 책을 만났다. 제주에서 벌어지는 생태문제, 사회문제에 대항해 제주도청 맞은편에 천막을 치고 시위하는 사람들의 이야기를 담은 책이었다. 그 책에서 숲 파괴에 대한 한 편의 시를 읽었을 때도 여전히 그 상실감이 느껴졌는데, 언론의 문법을 문학적으로 표현한 글이 울림을 주었다.

> 그 숲에 들어간 사람들은 나무가 되어서 나왔다.
> 나무가 하나씩 잘려나갈 때마다 옆에 있던 나무들이 입을 막고 울고 있었기 때문이다.
> 어떤 나무는 머리를 풀어 헤치고 땅을 짚고 통곡을 했고,
> 어떤 나무는 겁에 질려 드러눕고 말았으며
> 어떤 나무는 대신 나를 자르라고 소리쳤으며
> 어떤 나무는 두 손으로 귀를 막고 하염없이 울었으며
> 어떤 나무는 나무를 끌어안고 미안하다는 말만 되풀이하였다.
> 그 숲에 들어간 사람들은 나무가 되어서 나왔다.

— 윤여일, 《광장이 되는 시간》, 포도밭출판사, 2019, 249쪽

사회적인 문제를 이야기하는 방식은 다양하다. 문학 역시 그 방식 중 하나다. 사실적인 기술보다 감정의 두께가 짙어, 읽는 사람에게도 더 진하게 다가오곤 한다.

•

시 수업은 많은 경우에 자신의 내면을 들여다보거나(시 경험 쓰기), 주변 사람의 마음을 위로하는(시 처방하기) 등 개인적·심리적 차원에서 이루어진다. 그런데 시집을 읽다 보면 사회에서 일어나는 일을 문학적으로 형상화한 작품들이 생각 외로 많다. 시인이 다른 이의 입을 빌려, 소외된 타자의 목소리를 드러낸 작품들이다. 아이들에게 시의 다양한 면모를 소개하기 위해, 사회적 문제를 다룬 시를 읽고 창작하는 시간을 가졌다.

첫 시간에는 시 감상 활동을 했다. 시선집의 '가려진 모습을 보여주는 시' 부분에서 인상적인 시를 한 가지 선택하고, 그 이유를 쓴 다음 그 시가 사회의 어떤 부분을 다루는지 모둠원들과 이야기하도록 했다. 아이들은 각각 고른 시를 친구들에게 소개했다. 지수는 신철규의 〈슬픔의 자전〉을 고르고 나서 친구들에게 말했다.

"내가 이 시를 고른 건 이 한 구절 때문이야. '그녀의 눈동자는 우물처럼 검고 맑고 깊다.' 가난한 사람들 이야기인 것 같은데, 이 구절 안에 다 들어 있는 거 같아. 그리고 이 시는 빈부의 격차를 보여주는 시 같아. 가난한 사람들의 슬픔이 잘 드러나."

이어서 우리 사회의 문제를 붙잡아 시를 쓴다면 어떤 이야기를 다루고 싶은지 적어보는 것으로 수업을 마무리했다. 아이들은 페미니즘, 차별, 환경과 동물, 학업 등 다양한 소재를 선택했다. 아이들이 요즘 어떤 사회적 문제에 대해 고민하고 있는지 알 수 있었다.

두 번째 시간에는 시 창작을 했다. 지난 시간에 떠올린 사회적 문제를 소재로 시상을 떠올리고 인터넷 검색을 통해 사진, 영화, 기사 등을 찾아 영감을 얻으라고 조언해줬다. 세 번째 시간에는 오픈채팅방을 활용해 창작시를 공유했다. 아이들은 좋은 점이나 인상 깊은 점을 말하고 수정할 부분에 대해서도 서로 피드백을 주고받았다.

숨바꼼질

- 장은혜

2월30일

학교에서선생님이일기를숙제로내줬다오늘부터써야한다.

오늘있었던일을적으면된다고하셨다.오늘은숨바꿈질을햇다.

아빠가얼굴이터질듯이빨개지면술래가되는거다.그럼나는나

만의비밀의장소에가서숨는다.

나는엄마한테말햇다.엄마엄마엄마도숨어요!

엄마가말햇다아가야아가야미안해여기서나오지마하고문을

닫앗다.

결국엄마는술래한테잡혔다.

술래는무시무시한초록색도깨비방망이를들고다닌다.

엄마는오늘도술래한테잡혓다.와장창와장창엄청난번개가친

거같아요

그래서궁금해서문틈으로봤어요.엄마랑눈이마주쳤어요

엄마가울어요그러면서나오지말래요그럴수없어요술래는나

를찾았어요.

이제나한테서붉은눈물이나와요

아야

집 가는 길

- 전은서

한 걸음씩 내디딜 때마다
땡그랑땡그랑
동전들이 춤을 춘다

시끌벅적 세상의 소리는
마치 남들과는 다른
새로운 음악을 듣는 듯하다

아파트 단지를 지나
다닥다닥 붙어있는 집들 사이로
터벅터벅 걸어 들어간다

삐리릭 명쾌한 소리 대신
철컥 둔탁한 소리로
나를 맞아주는 우리 집

수업을 진행하고 아쉬웠던 점은 사회적 문제에 대해 자료

조사를 하라고 안내했지만 대부분의 아이들이 머릿속으로만 내용을 구상해 시를 썼다는 것이다. 그래서 선택 과제로 한 번 더 시 창작을 제안했다. 마침 문학(고2 공통과목) 수업에서 SNS 시인이자《그 쉿물 쓰지 마라》의 저자인 제페토의 시를 소개한 적이 있었다. 그는 인터넷 기사의 댓글에 자신의 생각을 시로 표현해 화제가 된 인물이다. 이 이야기를 하면서 오늘날 우리 사회에서 일어나고 있는 사건을 문학으로 형상화해보자고 했다. 그리고 이를 잘 드러낸 작품을 소개했다.

심보선의 〈갈색 가방이 있던 역〉은 2016년 5월 구의역에서 스크린도어를 수리하다가 참변을 당한 비정규직 노동자 19세 김 군의 사건을 배경으로 한다. 값싼 비용으로 사람을 부리고 고귀한 생명을 위험으로 내몰았던 사건이다.

작업에 몰두하던 소년은
스크린도어 위의 시를 읽을 시간도
달려오는 열차를 피할 시간도 없었네.

갈색 가방 속의 컵라면과
나무젓가락과 스텐수저.
나는 절대 이렇게 말할 수 없으리,

"아니, 고작 그게 전부야?"

읽다 만 소설책, 쓰다 만 편지
접다 만 종이학, 싸다 만 선물은 없었네.
나는 절대 이렇게 말할 수 없으리.
"더 여유가 있었더라면 덜 위험한 일을 택했을지도."

전지전능의 황금열쇠여,
어느 제복의 주머니에 숨어 있건 당장 모습을 나타내렴.
나는 절대 이렇게 말할 수 없으리.
"이것 봐. 멀쩡하잖아, 결국 자기 잘못이라니까."

갈가리 찢긴 소년의 졸업장과 계약서가
도시의 온 건물을 화산재처럼 뒤덮네.
나는 절대 이렇게 말할 수 없으리.
"아무렴. 직업엔 귀천이 없지, 없고말고."

소년이여, 비좁고 차가운 암흑에서 얼른 빠져나오렴.
너의 손은 문이 닫히기도 전에 홀로 적막했으니
나는 절대 이렇게 말할 수 없으리.

“난 그를 향해 최대한 손을 뻗었다고.”

허튼 약속이 빼앗아 달아났던
너의 미래를 다시 찾을 수만 있다면.
나는 절대 이렇게 말할 수 없으리.
“아마, 여기엔 이제 머리를 긁적이며 수줍게 웃는 소년은 없다네.”

자, 스크린도어를 뒤로하고 어서 달려가렴.
어머니와 아버지와 동생에게로 쌩쌩 달려가렴.
누군가 제발 큰 소리로 “저런!” 하고 외쳐주세요!
우리가 지옥문을 깨부수고 소년을 와락 끌어안을 수 있도록.

— 심보선, 〈갈색 가방이 있던 역〉 전문
(《오늘은 잘 모르겠어》, 문학과지성사, 2017)

시를 감상한 후, 시로 창작하고 싶은 사건의 기사 링크와 함께 창작시를 제출하도록 했다. 추가 과제였으므로 제출을 희망하는 절반 정도의 아이들이 시를 제출했다. 예진이는 악플로 인해 자살한 연예인의 죽음과 관련된 기사를 읽고 시를 썼다.

멈추지 않는

- 전예진

아무도 그녀를 도와주지 않았다.
아무도 그녀를 비난하는 사람들을 말리지 않았다.
아무도 그녀를 비난하는 것을 멈추지 않았다.

왜? 나랑은 상관없는 일이니까, 연예인이니까.
사진 속 그녀는 웃고 있지만 웃고 있지 않다.
아니, 사진 속 그녀는 울고 있다.
그리고는 계속해서 말한다.
'그만해, 나 좀 살려줘'

아무도 그녀를 도와주지 않았다.
아무도 그녀를 비난하는 사람들을 말리지 않았다.
아무도 그녀를 비난하는 것을 멈추지 않았다.

왜? 나랑은 상관없는 일이니까, 연예인이니까.
사진 속 그녀는 없다.

모두가 그녀를 비난하지 않는다.

아무도 그녀에게 용서를 구하지 않는다.

최근 보도되는 뉴스 중에는 잔혹한 사건이 많아서 읽기 힘든 시도 있었다. 다시 한번 아쉬움이 남았다. 아이들이 이 활동을 할 때 사건에 대한 충분한 성찰과 고민을 했는지 알기 어려웠기 때문이다. 어쩌면 자극적인 뉴스들을 소비하고 마는 수업은 아니었을까.

다시 이 수업을 한다면 모둠별로 한 가지 주제(빈곤, 노동, 환경, 폭력 등)를 선정하고 관련된 글을 읽은 후 토론하는 시간을 추가하고 싶다. 그런 다음 자료를 찾아 읽고, 느낀 점을 정리하도록 하겠다. 그리고 시에 등장하는 화자, 배경, 정서 등을 설정하고 그 후에 시 창작을 이어가면 좋겠다. 긴 호흡의 수업이 되겠지만 말이다.

보고 또 보고

시 수업을 다닐 때 닳도록 열어보았던 휴대폰 메모장. 열고 닫음은 시를 완성한 후에도 계속되었다. 모든 글이 그렇지만 시 역시 고칠수록 좋아진다. "세상에 잘 쓴 글은 없다. 잘 고친 글만 있을 뿐!"이라는 말도 있지 않은가.

시 창작 수업의 마지막은 퇴고의 시간을 갖는 것으로 했다. 시를 고쳐 쓸 때 가장 중요한 것은 자기 객관화다. 각자의 마음속에서 풀어져 나온 시는 자신에게 이해가 잘 되겠지만, 다른 사람에게도 그런지는 계속해서 살펴야 한다. 어떻게 하면 대상을 살아 있는 것으로 그려낼 것인가, 내가 느낀 감각과 감정을 어떻게 읽는 이의 마음에 가닿도록 할 것인가. 그러한 고민이 고쳐 쓰기의 핵심이다.

그동안 쓴 시 가운데 두 편을 골라 고쳐 쓰라고 한 다음, 먼저 이성복 시인이 시 창작 강의를 하면서 학생들에게 '와닿지 않는 시의 원인'으로 꼽은 것들을 읽어주었다.*

- 말의 꼬임이 없다.
- 너무 복잡해서 흐름이 안 보인다.
- 안 깎은 연필 글씨처럼 표현이 뭉툭하다.
- 말의 드리블이 느리거나 서툴다.
- 빌려 입은 옷처럼 멋 부린 느낌이다.
- 세부가 없이 너무 담방하다.
- 뻔한 말장난을 하고 있다.
- 처음부터 하려는 얘기가 다 보인다.
- 머릿속에 그림이 잘 안 그려진다.
- 억지로 짜 맞춘 느낌이다.
- 이 시를 왜 썼는지 이해할 수 없다.

요지는 멋 부리지 말고 이해하기 쉬우면서 세심한 표현을 살리라는 것. 앞서 만들었던 '우리 모둠이 생각하는 좋은 시

* 이성복, 《무한화서》, 문학과지성사, 2015, 92쪽

란?'과 선생님의 '시 쓰기 도움말'도 찬찬히 다시 읽고 고칠 부분을 찾아보자고 했다. 아이들이 고쳐 쓴 시는 초고에서 크게 달라지지 않은 것도 있고, 눈에 띄게 변한 것도 있었다. 그러나 이 활동은 시를 얼마나 달라지도록 할 것인가에 부담을 느끼기보다는 고쳐 쓰기의 과정에서 고민을 경험하도록 하는 데 의미가 있다.

수업 돌아보기

학기 말 교무실은 성적 마감과 생활기록부 기록으로 분주하다. 제출할 서류와 매듭지어야 할 일들이 쏟아져 잠시 자리를 비웠다가 돌아오면 업무 메신저에 또 다른 할 일이 쌓여 있는 형국. 나는 허겁지겁 주어진 일들을 처리하면서도 수시로 휴대폰 구글 문서에 접속했다. 하나둘 도착하는 아이들의 수업 후기를 읽는 것이 학기 말의 나에게 오아시스가 되었다. 더구나 이번 학기 온라인 수업에 대한 아이들의 반응이 무척 궁금했다. 주로 수업 후기에는 어떤 수업이 인상적이었는지, 그 수업에서 무엇을 느꼈는지를 묻고 다음 학기 수업에 반영해 보완한다. 더러는 학생들의 생활기록부 과목별 세부능력 및 특기사항을 쓰는 데 참고하기도 한다. 올해는 예년과 유사하게 간단한 질문을 만들고, 온라인 수업 도구에 대한 질문을 덧붙였다. 이렇게 네 가지 항목을 설문 링크에 담아 보냈다.

1. 수업 중 좋았던 점과 그 이유
2. 수업 중 어려웠던 점과 그 이유
3. 불편했던 플랫폼과 그 이유
4. 선생님에게 하고 싶은 말이나 주절주절 수업 후기

가장 먼저 도착한 것은 핑크 슬리퍼 예슬이의 후기였다.

> 시 창작이 제일 좋았다. 난 항상 국어를 배울 때 시를 가장 좋아했고, 가장 어려워했는데 막상 써보려고 하니 더 어려웠지만 시를 쓸 때 내가 쓰는 시가 너무 귀여워서 참 좋았다. 친구들의 시를 읽으면 내 시와는 되게 다른 느낌을 받아서 깜짝 놀란 적도 있고, 시를 읽으면 푸른 빛이 생각나는 친구도 있었다. 이렇게 다른 친구들의 시를 보는 것이 참 좋았다.

예슬이의 시는 늘 담백하면서도 유쾌했다. 봄이 온 걸 전기장판의 온도 변화로 표현하거나 현대인들의 겉치레를 치킨과 셀카로 표현하는 생활어의 달인. 스스로 시 쓰는 자신이 귀여웠다니. 역시 예슬이답다는 생각에 미소를 지었다. 다음은 사회적인 문제를 하나의 장면으로 세밀하게 그려내던 은혜의 후기다.

> 다 같이 시도 읽고 시도 쓰고 느낀 점을 적고 공유하면서 다른 친구들의 다양한 생각을 볼 수 있었고, 나의 시선과 생각을 확장하게 된 것 같다. 또 많은 시를 읽다 보니 어떻게 쓰면 좋을지도 깊게 생각하게 되었다.

시 쓰기에서 즐거움을 느꼈고 성장의 경험도 맛보았다는 반응에 무척 뿌듯했다. 아이들이 '내가 시를 써서'보다 '친구들과 쓴 시를 나눌 수 있어서' 좋았다고 한 점에 마음이 갔다. 나의 합평 경험을 돌이켜 보아도 가장 인상적이었던 것은 시를 써온 다른 문우들과의 연결감이었다. 다른 이들에 대한 감탄과 함께 잘하고 싶은 마음이 피어나던 때가 있었다. 내가 쓴 글이 다른 사람 보기에 어떨까 마음 졸이다가도 막상 터놓고 공유하고 나면 배우는 것이 많았다. 시 쓰기란 힘들면서도 좋은 것. 아이들도 비슷한 마음이었으려나.

한편으로는 시 쓰기의 어려움에 대한 목소리도 많았다. 반달 눈웃음이 예쁜 은서의 후기다.

> 시를 창작하는 활동이 어려웠습니다. 시 쓴다는 것만 보면 딱 히 어려운 활동은 아니었지만 주어진 시간이 짧아 그 시간 안에 스스로 만족할 만한 시를 쓰기에는 조금 어려움이 있었습니다.

감각적 이미지를 쉬운 언어로 잘 살려 써서 친구들에게 좋은 피드백을 받았던 은서가 시를 완성하기 위해 기울였을 고민을 헤아려본다. 점심시간에 도서관에 가면 늘 만날 수 있는 책사랑꾼, 미래의 사서를 꿈꾸는 예진이도 시 쓰기가 어려웠다가 조금씩 익숙해졌다고 썼다.

> 이때까지 시를 읽어만 봤지, 한 번도 써보지 않았다. 그래서 주제가 나오고 거기에 대한 시를 쓰는 것이 처음에는 생각도 안 나고 어디서부터 어떻게 써야 할지 감이 안 왔다. 근데 다른 친구들의 시도 읽고 여러 시들을 감상하면서 어떻게 써야 하는지 점점 내공이 쌓여서 시를 썼다. 또 처음에는 시를 쓰는 것이 어려워도 억지로 해야 하는 과제라고 느껴졌는데, 시간이 갈수록 거기에 익숙해지고 오히려 시를 쓰는 동안에는 다른 생각도 안 하게 되고 나도 즐기게 되었다.

아이들이 써오는 시를 읽으면서 마냥 뿌듯해했던 나를 돌아보게 되었다. 가르치는 사람의 입장이 되고 보니 잠시 잊었다. 시를 쓰는 일이 얼마나 어려운지, 심지어 그것을 남에게 보여주는 것이 얼마나 가슴 떨리는 일인지. 아이들의 애씀이 고맙게 느껴진다.

•

또 다른 문제도 있었다. 많은 아이들이 모둠 활동의 어려움을 토로한 것이다.

> 오픈채팅으로 친구들과 대화할 때 한 친구가 계속 답장을 해주지 않고 은근 시간이 부족해서 다 하지 못한 적이 있다. 내가 모둠장으로서 그 점이 어려웠다.

> 시간이 부족해서 충분히 다른 친구들의 의견을 못 들어준 점과 안 읽고 답장을 안 하는 사람을 어떻게 못 하기 때문에 그 점이 불편했다.

개별 활동지에 쓴 창작시를 모둠별 오픈채팅방에 올리고 서로에게 댓글을 달아주는 활동을 진행하는 과정에서 어려움을 겪었다는 이야기가 여럿 보였다. 교실에서의 모둠수업처럼 활동에 제대로 참여하지 않는 아이들은 온라인에서도 친구들의 속을 태웠다. 오픈채팅방이 개설된 맨처음에만 인사를 하고, 이후에는 전혀 응답하지 않으니 다른 모둠원들은 속이 터질 수밖에. 한번은 모둠장이었던 세연이가 "T야, 네 생각은 어때?" 하고 물으니 "미안. 나 롤 중"이라고 답하는 바람에 모두의 울화통이 터진 일도 있었다. '버젓이 게임 중이라고 말하는 건 무슨 태도지!' 하고 화가 나서 한마디 하려는데 세연이가 의연하게 대처했다.

"우리가 다 같이 하고 있으니까. 너도 참여해줘. 오래 걸리는 것도 아니니까 같이 하자^^"

결국 T도 몇 줄 적기는 했으나, 게임 중이던 아이가 활동에 적극적으로 참여할 리는 만무하다.

채팅에 쫓겨 할 말을 제대로 정리하지 못했다는 의견도 있었다.

> 카카오톡으로 채팅을 치는 시간에 타자가 느려서 어려웠다. 그 이유는 너무 늦게 쓰면 피해가 갈까 봐 최대한 빨리 쓰다 보니 대충 쓴 것 같기도 하고, 나중에 쓰자니 마음이 복잡해지는 게 있어서 못 썼다.

서로의 작품을 감상하고, 의견을 교환하는 것까지 주어진 시간 안에 하기가 부담스러울 수 있었겠다는 생각이 뒤늦게야 들었다. 시간을 자유롭게 주고 작품을 공동 게시판에 올려 원하는 작품에 댓글을 달 수 있도록 패들렛(https://ko.padlet.com)을 활용한다면 아이들의 불편함을 어느 정도 해소할 수 있을 것이다. 패들렛은 게시판의 형태로 많은 사람들의 글을 공유하고 댓글과 '좋아요' 표시도 할 수 있는 온라인 플랫폼이다. 모둠별로 '열(칼럼)'을 나눌 수도 있어서 모둠원들의 작품에는 의무적으로, 다른 모둠 친구의 작품에는 선택적으로 댓글을 달도록 할 수도 있다. 실시간 수업 중에 작성을 완료하지 못하더라도, 이후에 내용을 덧붙이거나 수정하는 것도 가능하다. 시행착오를 발판 삼아 2학기 수업에는 채팅보다는 전체 학생의 글을 볼 수 있는 패들렛을 적극적으로 활용할 계획을 세웠다. 처음 해보는 온라인 수업이 데굴데굴 굴러가며 다듬어지고 있다.

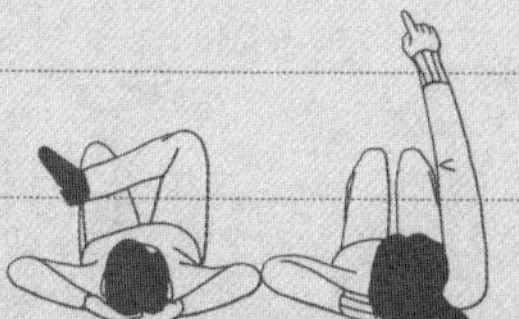

시집을 읽을 때 마음에 드는 부분을 표시하는 방식은 두 가지다. 내 마음에 콕 박힌 것은 모서리를 살짝 접고, 아이들과 읽기 좋겠다 싶은 것은 연필로 제목에 ∨표시를 해 둔다. 그렇게 그간 모은 시들의 목록을 실었다. 고등학생 수준에 맞춰 '혼자의 감정을 담은 시' '관계에 대한 시' '가려진 모습을 보여주는 시'로 나누어 '나-우리-사회' 순서로 갈무리한 결과다.

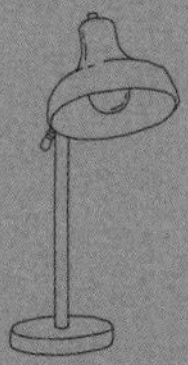

나의

조약돌

좋아하는 마음

얘들아.

선생님은 너희보다 두 배쯤 더 살았어. 그동안 아픈 일들도 몇 번 겪었지. 그럴 때 만난 어떤 시는 가슴에 약을 발라주었어. 이 세상에서 나만 아픈 게 아니라는 거, 그게 위안이 될 때가 있었어. 너희들이 살아갈 어떤 날에도 시가 도움이 될 수 있지 않을까.

선생님도 시집 한 권을 읽으면 이해를 전혀 못 하는 경우도 있고, 두어 편만 마음에 들기도 한단다. 어떤 경우에는 무슨 말인지 잘 모르겠는데, 딱 한 줄이 가슴에 남을 때가 있어. 너희들도 시의 세부적인 부분까지 다 파악하려고 하기보다는 '아, 좋다.' 하고 가슴에 무언가 오는 한 줄, 그걸 느껴봤으면 좋겠어. 그래서 답답할 때 그 마음을 위로해줄 방법이 하나 더 생긴다면 좋겠어. 어른이 된 어느 날 서점의 시집 서가를 지난다면 한번 멈춰 섰으면 좋겠어.

선생님은 안희연 시인의 〈구르는 돌〉을 읽으면서 나도 "온몸으로 부딪혀가며 얻은 이야기들로 나를 이루고 싶다"는 생각을 했어. 나를 통과한 작품들로 너희들에게 "언젠가는 대하고 앉았노라면 얘기를 들려주는 돌"이 되고 싶다고 느꼈거든.* 너희들과 같이 읽고 싶은 시들을 모았어. 예쁜 조약돌을 수집하듯이 하나씩 모아서 닦았어.

그렇다면 시란 뭘까. 가장 먼저 말할 수 있는 건, '나'를 둘러싼 것에 대한 이야기라는 거야. 진은영 시인은 〈그 머나먼〉에서 '여기서 먼' 것에 대한 동경을 이야기해. 시인의 말대로 문학이란 어쩌면 손을 쭉 뻗어서 닿기 어려운 것에 대해 그려보는 일일 테지. "나의 책상에서 / 분노에게서 / 나에게서" 먼 것이 좋다고 말이야.

홍대 앞보다 마레 지구가 좋았다
내 동생 희영이보다 앨리스가 좋았다

---

* 안희연, 〈구르는 돌〉, 《여름 언덕에서 배운 것》, 창비, 2020

철수보다 폴이 좋았다
국어사전보다 세계대백과가 좋다
아가씨들의 향수보다 당나라 벼루에 갈린 먹 냄새가 좋다
과학자의 천왕성보다 시인들의 달이 좋다

멀리 있으니까 여기에서
(…)
너의 노래가 좋았다
멀리 있으니까

기쁨에서, 침묵에서, 노래에게서
혁명이, 철학이 좋았다
멀리 있으니까

집에서, 깃털구름에게서, 심장 속 검은 돌에게서

— 진은영, 〈그 머나먼〉 중에서
(《훔쳐가는 노래》, 창비, 2012)

그러나 시인은 뻗었던 손을 다시 제자리로 모으게 돼. 〈나

의 아름다운 세탁소〉의 '가족'과 '첫사랑'처럼 나를 둘러싼 것들의 자리로. 그런 내 삶의 '얼룩, 덜룩'이 시에 반영되어 "나의 아름다운 세탁소"에 걸린 고백이 된다고 말해.

아름다운 세탁소를 보여드립니다
잔뜩 걸린 옷들 사이로 얼굴 파묻고 들어가면 신비의 아무 표정도 안 보이는
내 옷도 아니고 당신 옷도 아닌
이 고백들 어디에 걸치고 나갈 수도 없어 이곳에만 드높이 걸려 있을, 보여드립니다
위생학의 대가인 당신들이 손을 뻗어 사랑하는
나의 이 천부적인 더러움을

— 진은영, 〈나의 아름다운 세탁소〉 중에서*

이성복 시인은 이렇게 얘기했어. "언어는 삶 이상으로 고결할 수 없고, 삶 이하로 추악할 수도 없어요"라고.** 그러니까

---

* 진은영, 같은 책

** 이성복, 《불화하는 말들》, 문학과지성사, 2015

'시'란, 팔을 쭉 펼쳐 먼 것으로 향하는 기대와 내 안으로 파고드는 고백 사이의 긴장이 아닐까. 쓰는 이의 삶, 그 반경 안에서 말이야.

나는 라디오 듣는 걸 좋아했어. 지금도 좋아하지. 직접 선곡하지 않았는데도 우연히 찾아드는 음악이 참 좋아. 그리고 무엇보다 다른 곳에 있는 누군가에게서 온 '사는 얘기'가 반가워. '나만 이런 게 아니구나.' 하는 생각이 들거든. 학교에 가기 싫고, 짝사랑하는 누군가에게 다가서지 못하고, 혼자 미운오리 같이 느껴져 좌절하는 게 나뿐만은 아니구나 싶은 거야. 전파를 타고 멀리 있는 누군가와 마음을 맞대는 것 같아.

누군가의 고민에 주파수를 대는 일, 시 읽는 것도 그렇지. 어떤 시들은 내게 신호를 보내오거든. 그걸 읽으면 다시 한번 '나만 이런 게 아니구나.' 싶어져. 그 느낌이 큰 힘이 되어왔어. 전파를 타고 온 화자의 목소리는 나를 다시 화자의 입장에 두게 해. 시인이 내뱉어 만들어내는 자기장과는 별도로, 내 세계를 도는 새로운 파장을 만들지. 신경림 시인은 윤동주 시인의 〈자화상〉을 읽고 밤에 몇 번이고 우물에 가서 자신의 모습을 들여다보았다고 해. 시인이 만들어낸 우물을 보다가, 나만의 우물을 마주한 거지. 먼 데 있는 두 파장은 비슷한 막막함을 가졌을 거야.

생각해보니 시를 읽으면서 만나는 감정은 대개 외로움과 슬픔이었어. 그런데 쌉쌀한 그 마음을 음미하는 시간이 참 소중해. 먼 데서 나를 다독이고 지지하는 힘을 느껴.

혼자의 감정을 담은 시

자신의 마음을 보게 되는 시

- 강성은, 〈Lo-fi〉, 《별일 없습니다 이따금 눈이 내리고요》, 현대문학, 2018
- 김은지, 〈책방에서 빗소리를 들었다〉, 《책방에서 빗소리를 들었다》, 디자인이음, 2019
- 김사이, 〈거리에서〉, 《나는 아무것도 안하고 있다고 한다》, 창비, 2018
- 박소란, 〈베개〉, 《심장에 가까운 말》, 창비, 2015
- 박연준, 〈우산〉, 《속눈썹이 지르는 비명》, 창비, 2007
- 신미나, 〈싱고〉, 《싱고,라고 불렀다》, 창비, 2014
- 안희연, 〈소동〉, 《여름 언덕에서 배운 것》, 창비, 2020
- 오은, 〈나는 오늘〉, 《마음의 일》, 창비교육, 2020
- 이소호, 〈밤섬〉, 《캣콜링》, 민음사, 2018
- 이원하, 〈풀밭에 서면 마치 내게 밑줄이 그어진 것 같죠〉, 《제주에서 혼자 살고 술은 약해요》, 문학동네, 2020

- 이제니, 〈분홍 설탕 코끼리〉, 《아마도 아프리카》, 창비, 2010
- 임솔아, 〈모래〉, 《괴괴한 날씨와 착한 사람들》, 문학과지성사, 2017
- 임지은, 〈내가 늘어났다〉, 《무구함과 소보로》, 문학과지성사, 2019
- 조해주, 〈생각에게〉, 《우리 다른 이야기 하자》, 아침달, 2019
- 황인숙, 〈여름 저녁〉, 《리스본행 야간열차》, 문학과지성사, 2007

사람의 감정은 정말 복잡하지. 밉기도 하고 좋기도 해서 얽혀버린 마음이 될 때가 있잖아. 내 마음을 나도 모르겠을 때나 내가 저 사람을 어떻게 생각하는지 표현이 잘 안 될 때도 있고 말야. 그런 알 수 없는 감정을, 때때로 문학을 통해 발견할 때가 있지. 시는 관계에 대해 다루고 있는 것도 참 많아.

너희들을 보면서 학창 시절 내 모습을 떠올려볼 때가 있어. 그때 나의 가장 큰 고민은 관계에서 비롯되었지. 지금이라고 크게 다르지는 않지만 말이야. 고등학생이던 나는 친구가 보낸 메시지 한 통 때문에, 학교 갈 준비를 하던 아침 엄마와 주고받은 한마디 말 때문에 종일 마음이 쓰였으니까. 여전히 사람 사이의 관계를 제대로 보고, 얽힌 감정에 마주할 수 있는 용기를 갖고 싶다고 소망해. 좀 더 뜨겁고 시원한 사람이 되고 싶어. 가까워지는 것도, 어색해지는 것도 두렵지 않은 단단한 사람이.

관계에 대한 시

사랑, 우정, 가족에 대한 시

- 강성은, 〈기일〉, 《단지 조금 이상한》, 문학과지성사, 2013
- 강성은, 〈향이〉, 《별일 없습니다 이따금 눈이 내리고요》, 현대문학, 2018
- 김애란, 〈나의 애완돌 미래에게〉, 《난 학교 밖 아이》, 창비교육, 2017
- 마종기, 〈우화의 강〉, 《그 나라 하늘빛》, 문학과지성사, 1991
- 미야자와 겐지, 정수윤 옮김, 〈영결의 아침〉, 《봄과 아수라》, 읻다, 2018
- 사이토 마리코, 〈눈보라〉, 《단 하나의 눈송이》, 봄날의책, 2018
- 손택수, 〈거미줄〉, 《떠도는 먼지들이 빛난다》, 창비, 2014
- 신미나, 〈연〉, 《싱고,라고 불렀다》, 창비, 2014
- 오은, 〈하나는〉, 《마음의 일》, 창비교육, 2020
- 이대흠, 〈어머니라는 말〉, 《귀가 서럽다》, 창비, 2010
- 이상교, 〈고양이에게〉, 《고양이가 나 대신》, 창비, 2009
- 이시영, 〈작별〉, 《은빛 호각》, 창비, 2003
- 이문재, 〈사막〉, 《지금 여기가 맨 앞》, 문학동네, 2014
- 이제니, 〈고백을 하고 만다린 주스〉, 《아마도 아프리카》, 창비, 2010
- 이해인, 〈바람에게〉, 《서로 사랑하면 언제라도 봄》, 열림원, 2015

• 임지은, 〈벤딩엄마〉, 《무구함과 소보로》, 문학과지성사, 2019
• 정유경, 〈지는 해〉, 《까만 밤》, 창비, 2013
• 하재연, 〈밀크 캬라멜〉, 《우주적인 안녕》, 문학과지성사, 2019
• 허수경, 〈밤 속에 누운 너에게〉, 《빌어먹을 차가운 심장》, 문학동네, 2011
• 황인숙, 〈나의 침울한 소중한 이여〉, 《나의 침울한, 소중한 이여》, 문학과지성사, 1998
• 황인찬, 〈레코더〉, 《구관조 씻기기》, 민음사, 2012
• 황인찬, 〈서정〉, 《희지의 세계》, 민음사, 2015

그런데 시가 혼잣말만을, 내 이야기만을 하는 건 아니란다. 심보선 시인도 〈'나'라는 말〉에서 "당신의 온몸을 한 바퀴 돈 후 / 당신의 입을 통해 '너'라는 말로 내게 되돌려질 때" 의미가 있다고 썼어. 우리는 '나로서만' 살아갈 수 있기 때문에 다른 사람의 상처나 슬픔을 알기는 어렵잖아. 그런데 시인들은 사람들이 '음각'으로 새긴 마음에 귀를 기울이나봐.

> 나는 어제 산책을 나갔다가 흙길 위에
> 누군가 잔가지로 써 놓은 '나'라는 말을 발견했습니다.
> 그 누군가는 그 말을 쓸 때 얼마나 고독했을까요?

그 역시 떠나온 고향을 떠올리거나
홀로 나아갈 지평선을 바라보며
땅 위에 '나'라고 썼던 것이겠지요.
나는 문득 그 말을 보호해 주고 싶어서
자갈들을 주워 주위에 빙 둘러 놓았습니다.
물론 하루도 채 안 돼 비가 오거나 바람이 불어서
혹은 어느 무심한 발길에 의해 그 말은 흔적도 없이 사라지겠지요.
나는 '나'라는 말이 양각일 때보다는 음각일 때가 더 좋습니다.
사라질 운명을 감수하고 쓰인 그 말을
나는 내가 낳아 본 적도 없는 아기처럼 아끼게 됩니다.
하지만 내가 '나'라는 말을 가장 숭배할 때는
그 말이 당신의 귀를 통과하여
당신의 온몸을 한 바퀴 돈 후
당신의 입을 통해 '너'라는 말로 내게 되돌려질 때입니다.

— 심보선, 〈'나'라는 말〉 중에서
(《눈앞에 없는 사람》, 문학과지성사, 2011)

누군가의 상처가 시인의 "손가락"에 닿아 시가 되는 걸지도 몰라. 〈인중을 긁적거리며〉에 나타난 것처럼 말이야.

추락하는 나의 친구들:
옛 연인이 살던 집 담장을 뛰어넘다 다친 친구.
옛 동지와 함께 첨탑에 올랐다 떨어져 다친 친구.
그들의 붉은 피가 내 손에 닿으면 검은 물이 되고
그 검은 물은 내 손톱 끝을 적시고
그때 나는 불현듯 영감이 떠올랐다는 듯
인중을 긁적거리며
그들의 슬픔을 손가락의 삶-쓰기로 옮겨 온다.

– 심보선, 〈인중을 긁적거리며〉 중에서*

시인들은 우리가 만나기 어려운 첫 번째로 슬픈 사람의 이야기를 전달해주는 "두 번째로 슬픈 사람"(심보선, 〈형〉)이니까. 우리는 그들이 전하는 시를 받아, 조금은 더 잘 슬퍼하는 사람이 되기를 시도해볼 수 있는 거지. 안락한 방 안에 있으

* 심보선, 같은 책

면 볼 수 없을, 가려진 세계의 모습을 보여주는 시들이 있어. 열쇠 구멍 틈으로 세상 구경을 하듯, 시를 통해 볼 수 있는 사회의 진실이 있어. 시는 혼잣말이기도 하고, 너와 나 사이에 대한 것이기도 하고, 작은 문틈으로 사회의 모습을 보여주는 것이기도 하단다.

가려진 모습을 보여주는 시

사회의 모습을 담은 시

- 강성은, 〈채광〉, 《Lo-fi》, 문학과지성사, 2018
- 강지혜, 〈의자 들고 전철 타기〉, 《내가 훔친 기적》, 민음사, 2017
- 김기택, 〈꼽추〉, 《태아의 잠》, 문학과지성사, 1991
- 김상미, 〈어느 아이의 일기〉, 《우린 아무 관계도 아니에요》, 문학동네, 2017
- 김윤이, 〈꿈꾸는 식물〉, 《흑발 소녀의 누드 속에는》, 창비, 2011
- 김은지, 〈내가 아는 시 가장 잘 쓰는 사람〉, 《릿터 15호》, 민음사, 2018
- 김현, 〈기쁨의 두부 고로케〉, 《걱정 말고 다녀와》, 알마, 2017
- 문보영, 〈얼굴 큰 사람〉, 《책기둥》, 민음사, 2017
- 박소란, 〈모르는 사이〉, 《한 사람의 닫힌 문》, 창비, 2019
- 박시하, 〈서울의 밤〉, 《우리의 대화는 이런 것입니다》, 문학동네, 2016

- 성동혁, 〈나 너희 옆집 살아〉, 《6》, 민음사, 2014
- 신철규, 〈다리 위에서〉, 《지구만큼 슬펐다고 한다》, 문학동네, 2017
- 신철규, 〈슬픔의 자전〉, 《지구만큼 슬펐다고 한다》, 문학동네, 2017
- 안희연, 〈표적〉, 《여름 언덕에서 배운 것》, 창비, 2020
- 오은, 〈면접〉, 《우리는 분위기를 사랑해》, 문학동네, 2013
- 정민경, 〈그 날〉, 제3회 5.18 기념 청소년 백일장 및 사생대회 대상작, 2007
- 주민현, 〈철새와 엽총〉, 《킬트, 그리고 퀼트》, 문학동네, 2020
- 채길우, 〈민들레〉, 《매듭법》, 문학동네, 2020
- 최지인, 〈비정규〉, 《나는 벽에 붙어 잤다》, 민음사, 2017

'시'로 동료를 기억하는 일

2016년 봄의 일이다. 새 학기가 되면 교실은 환경미화를 위해 움직인다. 고등학교의 경우에는 초등학교나 중학교에 비해 수고가 덜한 편이기는 하지만 역시 담임교사의 손이 가게 마련이다. 교실 앞뒤 게시판을 정비하거나 입구에 학급 소개 액자 하나 거는 것쯤은 나처럼 게으른 담임이라도 거스르기 어렵다. 액자는 대개 구성이 같은데, "지금 흘린 침은 내일 흘릴 눈물이 된다"같이 신선함을 느끼기 어려운 급훈과 근엄한 표정의 담임교사 사진, 반장과 부반장의 이름, 그리고 3월의 서먹함으로 가득한 굳은 표정의 학급단체사진으로 이루어진다.

그런데 학년부장 선생님께서 나를 불러 새로운 제안을 하셨다.

"최쌤, 반 앞에 붙어 있는 액자 그거 우리 하지 맙시다. 시 같은 거 뽑아서 차라리 그거 붙이는 게 낫겠어. 국어과니까 시 좀 골라봐요."

아이들의 실체와는 다른 학기 초의 어색함을 담은 사진을 1년 내내 걸어두는 것보다는 아이들에게 오며 가며 시를 읽게 하는 게 훨씬 좋은 생각이라고 느꼈다. '와, 우리 부장님 멋진 분이다!' 신이 났다. 학급이 12반까지 있기 때문에 열두 편의 시가 필요했다. 혼자 고르려던 걸 멈추고 먼저 교무실에 계신 선생님들께 메시지를 띄웠다.

"선생님들! 좋은 아침입니다. 부장님께서 각 반 앞에 있는 액자에 사진을 넣기보다는 시를 한 편씩 넣는 것이 어떻겠느냐고 하셔서 시를 선정해보려고 해요. 혹시 좋아하는 시 있으시면 저에게 알려주세요. 인쇄는 한 번에 하겠습니다."

메시지를 보내자마자 선생님들이 바로 대답했다.

"저는 유치환의 〈행복〉이요!"

"저는 그 윤동주 시 뭐더라… 별 하나에~ 나오는 거 있잖아요. 그 시로 해주세요."

다시 떠올려도 얼마나 멋진 순간이던지! 열두 분의 담임 선생님들 중 여덟 분이 원하는 시를 말씀해주시고, 나머지 분들은 좋은 시를 골라달라고 당부하셨다.

그해 2학년 교실 복도에 걸려 있던 시 가운데 다섯 편을 골라 나의 감상을 더했다. 애송시의 주인들도 다시 그려본다.

2학년 11반
〈흔들리며 피는 꽃〉

남녀 분반인 시내 인문계 고등학교에서 문과 남학생 반을 맡는다는 것은 여학생 반에 비해 두세 배 이상의 에너지 소진을 각오해야 한다는 의미다. 중국에서 어학 공부를 오래 하느라 교직 진입이 늦었던 초임 선생님은 나의 맞은편 자리에 앉았다. 서른아홉 명의 아이들 중에서 하루에도 열 명은 지각생이었고, 비흡연자보다 흡연자가 많았다. 선생님은 그 아이들에게 넘치는 사랑을 쏟았다. 쉬는 시간에는 상담을 하고 급식 수요가 적어 저녁 식사가 공급되지 않을 때는 늦게까지 자습하는 아이들을 불러 따로 밥을 사 먹였다. 한 시간 넘게 걸리는 거리를 통학하는 학생을 자신의 차로 데려다주는 일도 자주 있었다. 지치지 않고 아이들을 응원했던 그 선생님이 내게 부탁한 시는 도종환의 〈흔들리며 피는 꽃〉이었다.

흔들리지 않고 피는 꽃이 어디 있으랴
이 세상 그 어떤 아름다운 꽃들도
다 흔들리면서 피었나니
흔들리면서 줄기를 곧게 세웠나니
흔들리지 않고 가는 사랑이 어디 있으랴

젖지 않고 피는 꽃이 어디 있으랴
이 세상 그 어떤 빛나는 꽃들도
다 젖으며 젖으며 피었나니
바람과 비에 젖으며 꽃잎 따뜻하게 피웠나니
젖지 않고 가는 삶이 어디 있으랴

- 도종환, 〈흔들리며 피는 꽃〉 전문
(《흔들리며 피는 꽃》, 문학동네, 1994)

임용 시험을 준비할 때 내 책상 위에도 이 시가 붙어 있었다. '아프니까 청춘'이라는 말은 얄미웠지만 이 시는 따뜻했다. 젊은 날들의 아픔을 당연시하는 것이 아니라 고된 청춘에게 '괜찮아.' 하고 건네는 따스한 손길이 느껴졌달까. 그 어느 것도 내 뜻대로 되지 않고 흔들리고만 있었을 때, 나만 꽃피지 못할까 봐 주눅 들어 있었을 때 힘이 되어준 시였기에 오랜만에 제목을 듣고는 반가웠다.

늘 사랑을 주는 선생님을 대할 때 고마움을 느끼는 아이들도 있었지만 이를 적당하게 이용하는 아이들 역시 있었다. 그런 아이들 때문에 골머리를 앓으면서도 선생님은 늘 진심을 다해 꼬인 매듭을 풀어가는 사람이었다. 이 시가 주는 위로의 말은 아이들만을 향해 있지 않았다는 생각이 든다. 학교에서, 그리고 살아가면서 부딪히는 현실의 문제 앞에서 한없이 흔들렸을 그 선생님도 매일 아침 교실에 들어가면서 힘을 얻지 않았으려나.

2학년 7반

<행복>

7반 선생님은 무척 사랑스러운 캐릭터였다. 고유한 매력과 재치로 학생들과 친근하게 지내는 수학 선생님. 선생님은 고민할 것도 없이 곧장 이 시의 제목을 외쳤는데, 이후에 사부님과의 러브스토리를 들으니 연결고리가 보였다. 사부님은 초등학교 시절부터 선생님을 계속 짝사랑해 오다가 사랑을 이뤄낸 의지의 사나이로, 그녀가 실연의 아픔을 겪거나 고독을 헤맬 때 늘 곁에 있었던 오랜 친구였다고.

대학 시절 통영으로 답사를 간 일이 있다. 청마문학관은 한산하고 작은 공간이었지만, 그런대로 벤치에 앉아 친구들과 보내는 시간이 좋았다. 우리는 유치환이, 사랑했던 여인 이영도에게 매우 많은 양의 연애편지를 보냈다는 것과 그렇게 서신으로 주고받은 사랑이 얼마나 아름다운지에 대해 이야기했다. 그리고 그때 문학관 한쪽에 크게 써 있던 시 〈행복〉을 감명 깊게 읽었다.

시의 아름다움이 오래 기억에 남았다. 에메랄드빛 하늘과 빨간 우체통이 주는 아름다운 이미지와 "사랑하는 것은 사랑을 받느니보다 행복하나니라"라는 시구는 많은 사람들이 이 시를 사랑하는 이유일 것이다. 대학생이던 내 마음에도 '아, 나도 저런 사랑을 받고 싶다'는 낭만적인 기대가 일렁였다.

오늘도 나는
에메랄드빛 하늘이 환히 내다뵈는
우체국 창문 앞에 와서 너에게 편지를 쓴다

– 유치환, 〈행복〉 중에서
(《생명의 서》, 미래사, 2002)

2학년 4반

<천장호에서>

남학생들의 뻰대는 태도 앞에서 한 번 더 꾹 참고 타일러볼까, 이번엔 엄하게 혼을 내볼까 고민한 적이 여러 번 있다. 감싸고 넘어가자니 왠지 아이들이 나를 만만하게 여길 것 같고, 그렇다고 무게 잡고 꾸중을 하자니 분위기가 괜히 험악해질 것 같아서였다. 4반 선생님은 그런 순간에 사이다 같은 존재가 돼주었다. 잘못을 꾸짖으면서도 핵심을 비틀어 웃음이 나오게 하는 입담으로 버릇없는 학생들을 꼼짝 못 하게 했는데, 주변 선생님들은 어록을 만들자며 감탄하기도 했다. 그런 거침없는 모습을 보여주다가도 그녀는 혼자 멍하니 생각에 잠겨 있기도 했다. 어떤 날은 그녀가 자신의 속 깊은 이야기를 하면서 눈물짓는 모습을 보였다.

선생님은 나희덕의 〈천장호에서〉를 골랐다. 제목을 보고 호수의 아름다움을 노래한 시일 것이라 기대했는데 시 속의 호수는 얼어 있다. 아무것도 비추지 않고 그림자도 잃은 무정함을 드러낼 뿐이다. 화자는 돌멩이를 던져 반응을 기대하지만 쩡, 쩡, 하고 돌멩이 소리만 돌아올 뿐.

얼어붙은 호수는 아무것도 비추지 않는다
불빛도 산 그림자도 잃어버렸다
제 단단함의 서슬만이 빛나고 있을 뿐
아무것도 아무것도 품지 않는다
헛되이 던진 돌멩이들,
새떼 대신 메아리만 쩡 쩡 날아오른다

네 이름을 부르는 일이 그러했다

- 나희덕, 〈천장호에서〉 중에서
(《그곳이 멀지 않다》, 문학동네, 2004)

상대가 나에게 벽을 두고 어떤 반응도 보이지 않을 때는 슬프고 막막하다. 왜 나에게 응답하지 않는지 그 이유도 알리지 않고 등을 돌릴 때 그리움은 더욱 심화된다. 바닥까지 외로워진다. 화자는 대답 없는 누군가를 향해 이름을 부른다. 속내를 드러내지 않고 날을 세우고 있는 '너'를 향해, 그래도 한번 가닿고자 하는 자세를 취하는 것이다.

처음 이 시를 읽으면서 마지막 행에 도달했을 때 왈칵 눈물이 쏟아질 것 같았다. 나의 부름에도 등을 돌렸던 학창 시절의 친구가, 좋아했던 사람이, 막막하기만 했던 세상이 떠올랐다. 이 시를 고른 이의 마음은 무엇이었을까. 가끔 멍한 표정으로 턱을 괴고 있던 내 옆자리의 국어 선생님. 대답 없는 어딘가를 향해 묵묵히 서서 이름을 나지막이 불러봤을 그 사람에게 응원의 말을 건네고 싶다.

2학년 3반

<광야>

교직원 회의에서 가끔은 불합리한 규정이나 지시를 전달받을 때가 있다. 모두 속으로만 불만을 웅얼거리고 있을 때 손을 번쩍 들고 이의를 제기하는 사람이 있으면 그 모습이 참 멋지다. 3반 선생님은 예스맨들이 대다수인 교직사회에서도 강단 있게 '노!'를 외칠 줄 아는 사람이었다. 역사를 가르치는 그녀는 자신이 옳다고 생각한 일을 적극적으로 실천하는 뜨거운 사람으로, 성과급 제도에 반대하는 서명을 받고 성과급 균등 분배를 위한 시도에 앞장섰다. 고등학교 시절부터 이육사 시인을 참 좋아했다는 선생님의 말에 고개가 끄덕여진다.

선생님이 고른 시는 이육사의 〈광야〉였다. 나는 고등학교 1학년 국어 교과서에서 이 시를 처음 만났다. 거룩한 태초의 시간부터 이어진 우리 역사에서 눈 내리는 역사적 암흑기가 온 것을 안타까워하며, 희망의 초인이 오기만을 바라는 민족적 저항시. 그 의미를 정확하게 알지 못하면서 '눈'과 '가난한 노래'와 '초인'의 의미를 국어 선생님이 불러주는 그대로 받아 적었다. 암기 과목처럼 시를 공부했다.

대학에 진학하고 난 후에야 이 작품에 얼마나 깊은 의미가 숨어 있는지 접하게 되었다. 시를 읽으며 신비로움을 느꼈고 우리는 '가난한 노래의 씨'를 뿌리는 일을 멈추어서는 안 된다는 것, 그것이 과거와 미래의 시간을 연결하는 오늘 우리의 소명이라는 것을 가슴에 새겼다. 물러날 수 없는 극지極地에 대해 이야기하면서도 희망의 빛을 놓지 않는 육사의 시에서 강한 울림을 느낀다.

까마득한 날에
하늘이 처음 열리고
어디 닭 우는 소리 들렸으랴.

모든 산맥(山脈)들이
바다를 연모(戀慕)해 휘달릴 때도
차마 이곳을 범(犯)하던 못하였으리라.

끊임없는 광음(光陰)을
부지런한 계절이 피어선 지고
큰 강(江)물이 비로소 길을 열었다.

지금 눈 내리고
매화 향기 홀로 아득하니
내 여기 가난한 노래의 씨를 뿌려라.

다시 천고(千古)의 뒤에
백마(白馬) 타고 오는 초인(超人)이 있어
이 광야에서 목놓아 부르게 하리라.

- 이육사, 〈광야〉 전문
(《육사시집》, 1946)

무관심할 거라 예상했던 것과 달리 선생님들은 자신이 좋아하는 시를 말씀해주셨다. 마치 노래방 18번이 무슨 곡이냐고 물은 것처럼 자연스럽게. 나는 그때의 감동을 잊을 수 없다. 아이들도 언젠가 좋아하는 시가 무어냐는 질문을 받으면 마음에 품은 하나를 말할 수 있다면 좋겠다. 어떤 시인은 강의할 때 아이들에게 이렇게 말한다고 한다. "시라는 건 어렵거나 멀리 있는 게 아닙니다. 왼손을 한번 펴보세요. '시'라는 글자가 보이지요?" 그래, 시는 우리 가까이에 있다.

2학년 1반
<난파된 교실>

우리 반은 가끔 시를 바꿔 걸었다. 4월에는 학기 초 첫 만남에 대한 시가 있던 자리에 세월호 추모 시 가운데 한 편인 나희덕의 〈난파된 교실〉을 걸었다. 사건을 추모하는 행사가 학교 안팎으로 많이 있었지만 시 또한 애도와 기억의 한 방식이 될 수 있음을 아이들과 공유하고 싶었다.

> 아이들은 수학여행 중이었다
> 교실에서처럼 선실에서도 가만히 앉아 있었다
> 가만히 있으라, 가만히 있으라,
> 그 말에 아이들은 시키는 대로 앉아 있었다
> 컨베이어벨트에서 조립을 기다리는
> 나사들처럼 부품들처럼

주황색 구명복을 서로 입혀주며 기다렸다
그것이 자본주의라는 공장의 유니폼이라는 것도 모르고
물로 된 감옥에서 입게 될 수의라는 것도 모르고
아이들은 끝까지 어른들의 말을 기다렸다
움직여라, 움직여라,
누군가 이 말이라도 해주었더라면
몇 개의 문과 창문만 열어주었더라면
그 교실이 거대한 무덤이 되지는 않았을 것이다
아이들은 수학여행 중이었다
파도에 둥둥 떠다니는 이름표와 가방들,
산산조각 난 교실의 부유물들,
아이들에게는 저마다 아름다운 이름이 있었지만
배를 지키려는 자들에게는 한낱 무명의 목숨에 불과했다
그들이 침몰하는 배를 버리고 도망치는 순간까지도
몇만원짜리 승객이나 짐짝에 불과했다
아이들에게는 저마다 사랑하는 부모가 있었지만
싸늘한 시신을 안고 오열하는 것 말고는 아무것도 할 수 없었다
햇빛도 닿지 않는 저 깊은 바다에 잠겨 있으면서도
끝까지 손을 풀지 않았던 아이들,
구명복의 끈을 잡고 죽음의 공포를 견뎠던 아이들,

아이들은 수학여행 중이었다
죽음을 배우기 위해 떠난 길이 되고 말았다

지금도 교실에 갇힌 아이들이 있다
책상 밑에 의자 밑에 끼여 빠져나오지 못하는 다리와
유리창을 탕, 탕, 두드리는 손들,
그 유리창을 깰 도끼는 누구의 손에 들려 있는가

- 나희덕, 〈난파된 교실〉 전문
(《파일명 서정시》, 창비, 2018)

그해 가을에는 제주도로 수학여행을 갔다. 다른 건 몰라도 교통편만은 가장 안전한 것을 선택해야 한다는 학부모들의 요구에 따라 국적기를 타고 간 여행이었다. 2박 3일 일정의 마지막 날 정방폭포에 들렀다가 공항으로 가는 버스 안에서 뒷자리에 앉은 다경에게 물었다.

"재미있어?"

"네! 너무 행복해요."

아이의 목소리와 표정이 아직도 눈에 선하다. 그건 여행의 참된 기쁨에 무뎌지고 있던 나를 돌아보게 만들었다. 아이와 짧은 대화를 마치고 차 안에서는 혼자 앉아 음악을 들었다. 스트리밍 서비스에서 누군가 '제주도'를 테마로 묶은 플레이리스트가 임의로 흘러나왔다. 그런데 그 순간 재생된 곡은 장난처럼, 루시드폴의 〈아직 있다〉였다.

이제 사건으로부터 5년이 지났고, 다시 봄이다. 유리창을 깰 도끼가 누구의 손에 들려 있냐고? 너무 많은 이들의 욕심과 무책임함이 그 손을 막고 있었고 아직도 유리창은 깨지지 않고 있다.

•

나는 대학원 과정을 마치고 2019년에 복직했다. 발령지는 안산의 단원고등학교였다.

고등학교 1학년 학생들에게 국어를 가르치면서 수업에 시를 자주 데려와서 읽는다. 같이 좋아하고, 슬퍼하고 싶어서. 내가 몹시 사랑하는 이것을 아이들과 나누기 위해서. 궁리한다.

'시'로 누군가를 기억하는 일

2020년인 올해 6주기는 학생들 없는 학교에서 보냈다. 그날 하루의 기록이다.

전교생이 모두 모이고 유가족 분들도 다수 참석하셔서 진행했던 기억식을 올해는 유튜브 라이브로 할 수밖에 없었다. 햇볕이 아주 뜨거운 날이었다. 운동장이 내려다보이는 언덕 위 고래 조형물 앞에 이동식 의자로 자리를 마련했고, 몇몇은 서 있었다. 교장 선생님과 유가족 대표, 학생 대표가 준비한 글을 읽었다. 봄볕에 목덜미가 뜨거워졌다. 눈이 부셔서 미간을 자꾸 찌푸리게 되었다. 연단에서 들려오는 말들을 듣기 싫은 것이 아닌데, 그렇게 긴 이야기도 아닌데, 뭔지 모를 무언가가 자꾸 목을 간질였다. 〈이름을 불러주세요〉. 희생자들의 이름을 한 사람씩 부르는 노래가 나오기 시작했다. 고개를 꼿꼿하게 들고 있을 수가 없어서 숙이고서 노래를 들었다. 2학년 1반, 2반 순으로 나오는데 '왜 이렇게 많은 이름들이 있지. 너무 많다.' 조금씩 화가 났다. 아이들 이름 중에는 익숙하고 흔한 이름도 많았다. 길게 느껴지던 그 슬픈 노래가 끝났다. 기억식이 마무리되었을 때, 참석한 사람들은 의자를 정리하고 노란 리본을 하나씩 들었다. 그걸 학교 울타리에 달기 시작했다.

단상 뒤편에 서 있던 내가 막 내려가려고 할 때, 동료 교사 R이 울고 있는 걸 발견했다. 몸을 주체하지 못하고 쪼그려 앉아 있었다. 긴 머리에 검은색 블라우스와 치마를 입고 와서 뜨거운 볕을 다 흡수해버린 것 같았다. 잔디밭 위에서, 분노와 슬픔을 다 흡수해버린 것처럼 흐느끼고 있었다. 눈물 흘리는 그녀가 부럽기도 했다. 내 마음은 왜 간지럽다가 말았을까. 이대로 몇 달 후에는 또 무덤덤해지고 말까. 그건 싫은데, 결국은 그런 사람이 될 건가 하고.

그날 점심에 들은 이야기다. R의 친구는 사건 당시 생존한 선생님이라고 했다. 이맘때가 되면 일상생활로 여전히 돌아오지 못하고 있는 친구가 그리워진다고. "이렇게 기억하고 기리는 자리에 함께 있으면 좋을 텐테." 하고 R은 말했다.

오후에는 학교 안에서 작은 낭독회를 열었다. 준비하면서 '416 낭독회'라고 이름 붙였다. 낭독자를 미리 섭외했고, 섭외된 선생님들이 글을 준비했다. 교무실 옆자리의 L은 두 주 전부터 직접 시를 써보겠다고 했다. 대학 시절 문청이던 애인과 주고받던 편지 속 시 쓰기 이후로, 10년 만에 처음 쓰는 거라고 했다. 하늘나라로 간 아이들에게 한 번은 꼭 해주고 싶은 말이 있었다며 시를 고치고 고쳤다. 그렇게 한 사람, 두 사람 소중한 글이 모였다.

낭독회에는 스무 명 정도의 선생님이 모였다. 둥글게 앉아서 글을 준비해온 여섯 사람의 낭독을 들었다. 메신저로 "이 글 어때요?" 하고 묻던 J의 낭독은 맨 마지막 순서였다. 친구에 대한 글로, 희생자인 한 선생님에 대한 것이었다. 주고받았던 메시지, 삼겹살에 소주 먹자던 약속, 여러 번 미뤘다가 가게 되었던 신혼집 집들이 같은 이야기들….

그날 낭독회를 마치고, 늦은 오후 J가 다가오더니 말했다.

"사람들 앞에서 그 애 이야기를 한 게 처음이네요. 사실은 그 애를 친구라고 생각했던 적이 없었어요. 혼자 있는 걸 좋아하기도 하고. 사회에서 만난 친구가 얼마나 가겠는가 싶기도 했고요. 걔가 맨날 먼저 뭐 하냐고 묻고, 자기는 뭐 한다고 얘기하고. 그럴 때 조금은 귀찮기도 했어요. 그 친구 신혼집 집들이, 그것도 다섯 번인가 이야기해서 간 거거든요. 제가 싫은 티를 내도 그 애는 눈치가 없는 건지 알면서도 그러는지 저를 계속 찾더라고요. 그런데… 나중에서야 알겠더라고요. 제가 그 애를 얼마나 좋아했는지."

나는 J의 이야기를 듣고 잠을 설쳤다. 아침부터 느껴지던 무언가가 목 아래서 자꾸 찰랑거렸다. 이제 유가족 형제들은 학교에 거의 남아 있지 않다. 그때 근무하셨던 선생님들도 거의 안 계신다. 그러나 그 슬픔의 파장에 몸이 닿았던 사람들이 있다. 그들은 몸속 어딘가에 물이 찰랑거리는 주머니 같은 걸 안고 다니나 보다. 그 마음이 내게 전해진다. '닿는 인연에 마음 아끼지 말아야지.' 생각하며 꽤 오랜 시간을 생각에 잠겨 지냈다.

작년만 해도 벚꽃 피는 교정에서는 반마다 사진을 찍고는 했는데, 올해는 아이들이 없어 조용하기만 하다. 어제는 교무부장님으로부터 코로나로 인한 휴교 현수막 문구를 공모한다고 업무 메시지가 왔다.

["너희가 와야 진짜 봄이란다" 이것으로 하려는데, 더 좋은 문구가 있으면 보내주세요.]

하던 일을 잠깐 멈추고 '너희가 와야 진짜 봄이지. 정말 그래.' 하고 생각했다.*

* 학교에서 연 낭독회의 아이디어는 '304 낭독회'에서 얻었다. '304 낭독회'는 세월호에서 돌아오지 못한 304명을 기리기 위한 작가와 시민들의 연대다. 2014년 9월 20일 광화문 광장에서 시작되어 매달 마지막 토요일 오후 4시 16분에 열린다. 총 304회를 지속하는 것을 목표로 지금도 이어지고 있다.

나오며

시를 나누는 마음

이 책은 독립출판물로 처음 만들어졌다. 내 이야기를 물성을 가진 책의 형태로 사람들과 나눌 수 있다니… 독립출판의 전 과정이 무척 흥분되고 즐거웠다. 한편으로는 부족한 점이 많은데, 내 경험을 글로 써서 책에 담았다는 사실만으로 내가 과대 포장되는 느낌이 들었다. 사실 나는 책을 냈을 뿐, 그뿐이다. 학교 현장에는 온힘을 다해 좋은 수업을 고민하는 선생님들이 정말 많다.

정식 출판을 준비하면서 가장 크게 달라진 점은 2부의 내용이다. 우리나라 시 교육 1세대이신 배창환 선생님 인터뷰와 수업 참관기를 온라인 시 창작 수업 이야기로 대체했다.

책의 기획 의도에 맞게 수정한 것인데, 선생님의 인터뷰 글이 빠져 한편으로는 허전하다. 여전히 내 시 수업의 뿌리에는 배 선생님이 계시기 때문이다. 지난겨울 선생님을 다시 만났을 때, 시 수업을 막막해하는 후배 교사들을 위해 조언을 부탁드렸다. 선생님께서는 첫 번째로 교사가 시를 꾸준히 읽고 좋은 시를 찾아서 모으는 것이 중요하다고 하셨다. 그리고 두 번째로 꾸준히 공부하라고 하셨다. 자기가 간 만큼만이 자기 것이 되는 법이기에.

선생님의 말씀을 기억하며 자세를 바로 해본다. 그리고 내가 시 수업을 하는 이유를 다시 떠올려본다. 글을 읽고 쓰는 것은, 삶을 재발견하는 자기 성찰의 과정임을 잊지 말아야지, 아이들과 삶을 돌보기 위한 시 수업을 해야지, 하고. 나는 앞으로도 아이들과 따뜻하고 아름다운 시 수업을 계속해나갈 것이다. 그리고 이를 함께 나눌 벗들이 많이 생기기를 바란다.

그래서 책의 마지막 장을 덮으면서도 시 수업을 망설이는 선생님이 있다면 이 말을 건네고 싶다.

"너무 걱정 마세요. 시가 도와줄 거예요.

저는 아이들과 시 수업을 할 때면 늘 망하지 않을 거라는 믿음이 있습니다. 저에 대한 믿음이 아니라, 시에 대한 믿음인데요. 시를 읽고 쓰는 일은 그 자체로 힘이 있기 때문에, 실패하기 어렵더라고요. 그러니까, 믿고 해보세요.

시가 도와줄 거예요."